de maman.
et papa
x+oo

LA CANTINE MORBIDE DE LOUP RAGOÛT

VOTRE PASSEPEUR

POUR UN HORRIBLE CAUCHEMAR

LA CANTINE MORBIDE DE LOUP RAGOÛT

Texte et illustrations
de
Richard Petit

Les presses d'or

Isbn : 1552250369

Dépôt légal 3e trimestre 1999
Imprimé au Canada
Bibliothèque nationale du Québec
Bibliothèque nationale du Canada

Les presses d'or (Canada) inc.
7875, Louis-H.-Lafontaine
Bureau 105
Anjou (Québec)
H1K 4E4
Téléphone : (514) 355-7703
Télécopieur : (514) 354-3144
Courriel : marketing@lespressesdor.com
Site Internet : www.lespressesdor.com

TOI!

Tu fais maintenant partie de la bande des
TÉMÉRAIRES DE L'HORREUR.

OUI ! Et c'est toi qui as le rôle principal dans ce livre où tu auras bien plus à faire que de tout simplement... LIRE. En effet, tu devras déterminer toi-même le dénouement de l'histoire en choisissant les numéros des chapitres suggérés afin, peut-être, d'éviter de basculer dans des pièges terribles ou de rencontrer des monstres horrifiants.

Aussi, au cours de ton aventure, lorsque tu feras face à certains dangers, tu auras à tourner les **PAGES DU DESTIN...** Par exemple, si dans ton aventure tu es poursuivi par une espèce de monstre répugnant et qu'il t'est demandé de TOURNER LES PAGES DU DESTIN afin de savoir si ce monstre va t'attraper, la première chose que tu dois tout de suite faire, c'est de placer ton doigt tout tremblotant ou un signet à la page où tu es rendu. Ensuite, SANS REGARDER, tu fais glisser ton pouce sur le côté de ton Passepeur en faisant tourner les feuilles rapidement pour finalement t'arrêter AU HASARD sur l'une d'elles.

Maintenant, au bas de la page de droite, il y a plusieurs petits pictogrammes. Pour savoir si le monstre t'a attrapé, il n'y en a que deux qui te concernent, celui de l'espadrille  et celui de la main. 

Pour le moment, tu ne t'occupes pas des autres, ils te serviront dans d'autres situations ; je t'explique tout un peu plus loin.

Comme tu l'as peut-être remarqué, sur une page il y a une espadrille, et sur la suivante, il y a une main et ainsi de suite, jusqu'à la fin du livre. Si par chance, en tournant les pages du destin, tu t'arrêtes au hasard sur le pictogramme de l'espadrille, eh bien bravo, tu as réussi à t'enfuir. Là, retourne au chapitre où tu étais rendu, il t'indiquera le numéro de l'autre chapitre où tu dois aller pour fuir le monstre. Si tu es le moindrement malchanceux et que tu t'arrêtes sur le pictogramme de la main, eh bien, le monstre t'a attrapé. Là encore, tu reviens au chapitre où tu étais, mais tu auras par contre à te rendre au chapitre indiqué où tu tomberas entre les griffes du monstre.

Lorsqu'on te demandera de TOURNER LES PAGES DU DESTIN, tu n'utiliseras, selon le cas, que les DEUX pictogrammes qui concernent l'événement. Voici les autres pictogrammes et leur signification...

Pour savoir si une porte est verrouillée ou non :

Si tu tombes sur ce pictogramme-ci, cela signifie qu'elle est verrouillée ;

si tu t'arrêtes sur celui-ci, cela signifie qu'elle est déverrouillée.

S'il y a un monstre qui regarde dans ta direction :

Ce pictogramme veut dire qu'il t'a vu ;

Celui-ci veut dire qu'il ne t'a pas vu.

Dans cette aventure, il se pourrait fort bien que tu rencontres, tu sais, ce genre de personnes qui muent en créatures poilues les soirs de pleine lune. Oui ! des LOUPS-GAROUS... Pas de panique, avec le jeu des Pages du destin, tu pourras peut-être réussir à éviter que ces personnes ne se transforment en monstres sanguinaires. COMMENT ? C'est simple ! Regarde dans le bas des pages de gauche : il y a ce paysage.

Tout près de la pleine lune qui trône dans ce ciel noir, entre une maison délabrée et un cimetière, il y a un petit nuage. Sur chacune des pages de gauche, tu retrouves le même paysage. Plus tu t'approches du centre du livre, plus le nuage se rapproche de la lune. Au centre du livre, le petit nuage cache complètement la lune. Lorsque, dans ton aventure, il t'est demandé de tourner les Pages du destin afin de savoir si cette personne bizarre qui n'arrête pas de fixer la lune devant toi va finalement se transformer en loup-garou, il te suffit de tourner rapidement les pages de ton Passepeur en essayant de t'arrêter juste au milieu du livre. Si tu réussis à t'arrêter sur une des cinq pages centrales portant cette image :

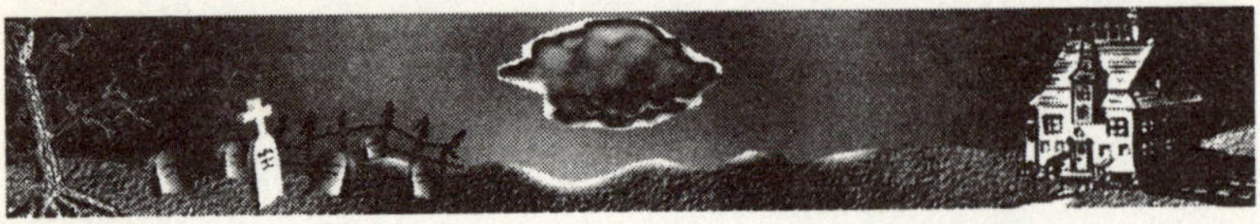

eh bien bravo ! Tu as visé juste ! La personne en question ne se transformera pas en créature monstrueuse et tu auras la chance de poursuivre ton aventure. Si par contre, le petit nuage ne cache pas la lune...

Ta terrifiante aventure débute au chapitre 1. Et n'oublie pas : une seule finale te permet de terminer... ***La Cantine morbide de Loup Ragoût***.

1

«Ce plan est idiot ! te murmure Marjorie à l'oreille. Tous les trois planqués comme ça sur le toit de la cantine morbide de Loup Ragoût, nous allons nous faire prendre, c'est plus que sûr, c'est extra sûr...

— C'est la seule façon de le suivre sans se faire remarquer, essaies-tu de lui expliquer, la joue collée au toit rouillé. Nous n'avons pas l'âge de conduire des scooters, alors pour l'instant, il faut faire preuve d'imagination. Et puis, ça fait des mois que ça dure. Au début, c'étaient les chats et les chiens qui disparaissaient. Maintenant, ce sont les gens, des profs de l'école, nos voisins... NOS AMIS ! Les quelques maigres indices que nous avons recueillis nous ramènent toujours à cette drôle de baraque à moteur. Tous les trois, nous sommes les Téméraires de l'horreur et nous devons faire quelque chose.

— J'suis d'accord, mais nous aurions pu attendre à demain, affirme tout de même Marjorie. Ce soir, avec cette pleine lune, on ne met pas toutes les chances de notre côté.

— Tenez-vous bien !» chuchote soudain Jean-Christophe. La cantine démarre...

VRROUMMMMM!

Va au chapitre 42.

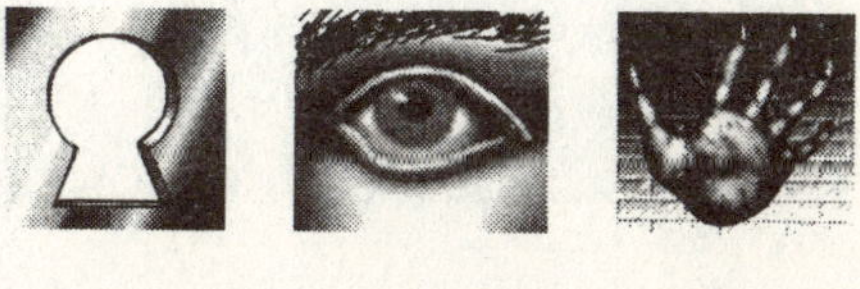

2

Tu t'étends de tout ton long et tu réussis à lui glisser entre les jambes. Marjorie et Jean-Christophe exécutent la même manœuvre avec autant de succès. Rageur, le mutant se frappe le torse et lance des jurons épouvantables.

Mais les joies de votre victoire sont de courte durée. Vous apercevez au bout du tunnel... LES BARREAUX D'UNE GRILLE !

Les pieds devant, tu réussis à l'arracher de ses gonds par la force de l'impact.

BROUMMM!

Un escalier en colimaçon vous fait descendre encore plus profondément jusqu'à une immense grotte souterraine. Les lichens lumineux qui éclairent faiblement l'endroit vous permettent de donner un peu de répit à vos lampes de poche. Très haut juste au centre de la grotte s'élève une colline blanche. Vous faites le tour plusieurs fois pour finalement vous rendre compte que la seule sortie se situe à la voûte de la grotte, entre deux stalactites.

Pour y accéder, vous devez gravir cette curieuse colline blanche au chapitre 55.

3

Alors que tu te croyais perdu, un hurlement effroyable provient de l'intérieur même de la cantine et déroute les chauves-souris.

La peur vous fige comme des statues.

Des bruits de pas résonnent sur un plancher de bois et la porte commence lentement à s'ouvrir.

CRIIIIII!...

Vous vous cachez tous les trois derrière le grand arbre mort au chapitre 95.

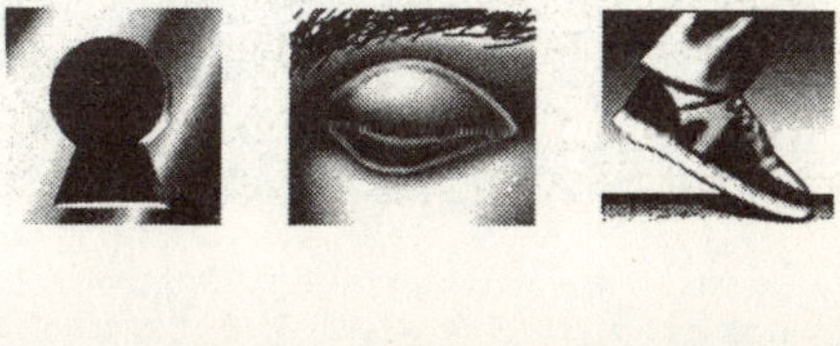

4

Tu n'en crois pas tes yeux, on dirait un village abandonné.

Loup Ragoût ne semble être nulle part en vue. Rends-toi au chapitre indiqué sur la partie que vous voulez explorer.

14
5
21
GARE

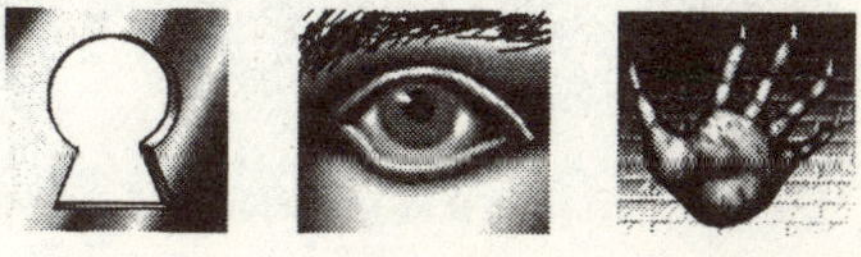

5

«Je vous parie dix grosses bouteilles vides qu'il se cache dans la maison nichée sur la colline là-bas, lance Marjorie en montrant du doigt une grande construction en bois au bout d'un chemin en zigzag.

— Tu ne pourrais pas parier autre chose que des bouteilles ? dit son frère Jean-Christophe.

— Grand-père dit que les bouteilles, c'est comme de l'argent, fait Marjorie en frottant son pouce sur son index.

— Peut-être, mais ça prend un foutu grand porte-monnaie», se moque-t-il.

Vous emboîtez le pas derrière Marjorie qui se dirige d'une façon décidée vers l'étrange construction. Encore ses instincts de chasseuse de fantômes qui se manifestent. Jean-Christophe et toi, vous la suivez, car vous savez qu'elle a vraiment du flair pour ce genre de chose. Au bout du chemin, la grande porte s'élève devant vous. Est-elle verrouillée ? Pour le savoir...

... TOURNE LES PAGES DU DESTIN.

Si elle n'est pas verrouillée, ouvre-la au chapitre 39.
Si par contre elle l'est, rends-toi au chapitre 59.

5

Ses bras gluants s'enroulent autour de tes pieds. Il réussit à te hisser jusqu'à son repaire sous les regards horrifiés de tes amis.

«Ah ! enfin un humain, dit-il de sa voie caverneuse. Je vais enfin pouvoir me régaler...»

Allongé parmi des squelettes de petits animaux qui jonchent le sol, tu voudrais crier à l'aide, mais dans cet endroit, qui t'entendrait ?... D'AUTRES MONSTRES !

Tu restes donc muet et tu te dis qu'une solution viendra à ton esprit.

Le monstre visqueux frappe plusieurs fois deux bouts de racines séchées ensemble.

TOC! TOC! TOC!TOC!

Essaie-t-il de faire du feu ? Non, car un frottement se fait ensuite entendre et, de la pénombre de son repaire, tu vois apparaître une vingtaine de grosses larves. Ce monstre repoussant est en fait une femelle qui a l'intention de bien nourrir ses petits cette nuit. En voyant ses bébés gluants ramper vers toi, tu te dis que cette fois-ci, ça y est, la fin est proche.

Fais ta prière et rends-toi au chapitre 75.

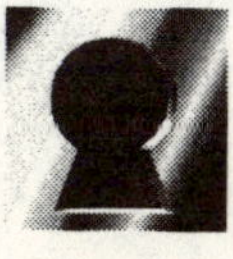 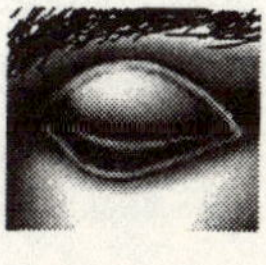 

7

Toi et Marjorie, vous vous balancez dangereusement dans les airs. Marjorie fait une dernière tentative, mais elle se penche trop vers l'avant. Jean-Christophe essaie de garder l'équilibre en faisant deux pas rapides, mais le mal est fait. Vous chutez lourdement tous les trois sur le sol du vieil édifice qui craque et cède. Vous vous retrouvez un plancher plus bas.

BROOOUUM!

Au milieu d'un nuage de poussière opaque, tu essaies de te relever, mais tu en es incapable, car tes jambes ne répondent plus. À tâtons, tu touches une de tes cuisses et mets la main sur... UN OS !

«SAPRISTI ! hurles-tu en criant ta douleur. J'ai la jambe cassée...»

Marjorie, qui semble n'avoir rien subi lors de la chute, s'improvise infirmière et examine ta blessure.

«TU N'AS RIEN ! TU N'AS RIEN ! se réjouit-elle en te montrant le gros os blanchâtre d'un cadavre depuis longtemps oublié. Tes jambes, par contre, sont coincées sous les décombres.»

Avec l'aide de son frère, elle essaie de te dégager en utilisant une poutre.

Rendez-vous au chapitre 30.

8

Vous saisissez la lourde roue.

«Je compte jusqu'à trois et nous la soulevons ensemble, en équipe, ordonnes-tu à tes amis. Un, deux... TROIS !»

En faisant des petits pas, vous réussissez à l'amener près de la porte de la cabine de la locomotive. Avec ton pied, tu ouvres la porte coulissante, et vous la déposez sur le seuil. Pendant que tu reprends ton souffle, Marjorie inspecte les alentours...

«Personne ! vous murmure-t-elle. On peut y aller...»

Vous poussez avec vos pieds la roue hors de la locomotive. La roue pivote, tombe sur ses dents et se met lentement à rouler vers les bois, tout près. La roue poursuit sa route et prend de la vitesse lorsqu'elle descend une petite pente.

«REGARDEZ-LA ! vous crie Marjorie, elle file à toute allure.»

Curieux de savoir où elle va arrêter, tu grimpes sur le toit de la cabine pour malheureusement t'apercevoir qu'elle a réussi à contourner les arbres de la forêt et qu'elle se dirige directement vers les lumières de Sombreville.

ÇA VA ÊTRE UN MASSACRE ! Va au chapitre 28.

9

Sans t'en rendre compte, tu as choisi la bouteille qui a la même forme que la bouteille de parfum de ta mère. Tu constates que le curieux liquide verdâtre froid qu'elle contient, malgré toutes ces années passées au fond de la trousse de secours... FAIT DES BULLES !

N'ayant plus une seconde à perdre, tu bois vite une gorgée, **GLOUB!**

Quelques secondes passent et tu sens déjà une amélioration, car tu ne trembles plus.

Marjorie te tient la main et pousse un soupir de soulagement.

Alors qu'assis tous les trois sur le plancher, vous attendez que votre cœur retrouve sa pulsation normale, des bruits de pas mêlés à des rires sadiques se font entendre de l'extérieur et font augmenter encore plus ton pouls. Du coin de l'œil, tu entrevois une ombre qui passe devant une des fenêtres. Vous vous précipitez derrière un long banc de bois.

Devant les carreaux sales et craquelés de la porte entrouverte, une silhouette trapue portant un tablier ensanglanté fait son apparition... LOUP RAGOÛT !

La gorge coincée, tu te rends au chapitre 82.

10

Tu découvres, du côté passager du tracteur de la cantine, un coffre à outils. Armé d'un tournevis, tu fais la guerre à la serrure. Avant que tu réussisses à déverrouiller la porte, quelqu'un l'ouvre de l'intérieur... TU TOMBES SUR LE DERRIÈRE !

«MARJORIE ! cries-tu, alors qu'elle t'agrippe et te tire à l'intérieur.

— Ferme la porte, te dit-elle en la refermant elle-même. Jean-Christophe s'occupe de ce fou furieux de boucher. Il pourra le retenir comme ça en le faisant courir dans la forêt une dizaine de minutes tout au plus, alors dépêchons-nous pour fouiller cet endroit.»

Vous êtes dans la salle à manger de la cantine. Sur une table, il y a les restes qu'un client n'a pas mangés, un rat barbecue et une trempette à la glu.

Vous contournez la table avec précaution jusqu'à la cuisine. Tu pousses les portes battantes et vous entrez. La chaleur est étouffante, et partout flotte une odeur de pourriture. Quelque chose est en train de cuire dans le four à micro-ondes. Tu t'approches, mais avant d'avoir pu apercevoir de quoi il s'agit, **POUF!** ça éclate et du sang glisse sur la vitre du hublot.

Dégoûté, tu te rends au chapitre 105.

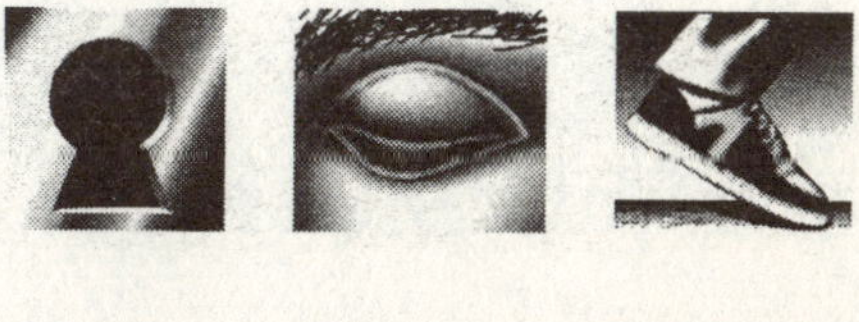

11

«Le puits ? Ah non, là c'est trop fort, ça suffit ! s'emporte Marjorie. Pourquoi faut-il que vous preniez toujours les pires endroits ?

— Parce qu'un grand détective a dit que ce qu'on cherche est souvent là où on s'en doute le moins.

— J'ai compris, l'interrompt Marjorie, ça veut dire que si je regarde dans ton espadrille, je risque d'y trouver ton cerveau.

— Chut ! tais-toi, lui dit son frère.

— Alors je disais, poursuis-tu en plaçant ton pouce et ton index devant ta bouche comme si tu fumais la pipe, si j'applique cette logique ici, il y a de fortes chances que le puits soit la cachette de Loup Ragoût...

— RIDICULE ! affirme Marjorie, j'aurai tout entendu avec vous deux. Et il s'appelle comment ton **fameux** détective ? te demande-t-elle...

— C'est bête, rougis-tu, je ne m'en souviens pas...

— Non, ce n'est pas vrai, s'étonne-t-elle. Tu te souviens de ce qu'il a dit, mais tu ne te souviens pas de son nom ? ? ?»

Tu hausses les épaules et vous vous dirigez vers l'ouverture du puits au chapitre 66.

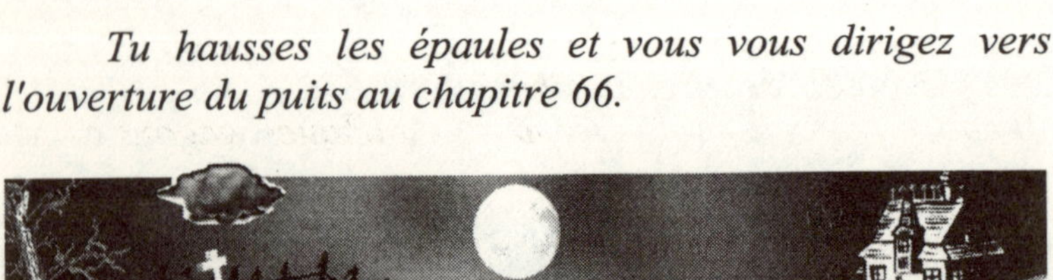

12

Vous vous dirigez au pas de course vers la vieille gare branlante. À en juger par son état délabré, il y a plusieurs décennies qu'elle a été abandonnée. Les quelques colonnes ouvragées du perron tiennent encore le coup, mais risquent de s'effondrer à tout moment.

Au-dessus de l'entrée, le vent violent malmène une pancarte et fait tomber des écailles de peinture. Tu jettes un œil prudent dans la fenêtre aux carreaux brisés. Dans la pénombre, tu distingues de longs bancs de bois brisés, des bagages poussiéreux oubliés et un télégraphe. Tu pousses la porte et tu risques quelques pas à l'intérieur jusqu'à l'appareil.

«Je crois qu'il est toujours en état de marche, cries-tu à Jean-Christophe, qui n'ose pas s'aventurer à l'intérieur.

Marjorie passe la tête au travers d'une fenêtre...

— Comment peux-tu savoir si ce télégraphe fonctionne, te questionne-t-elle, tu ne sais même pas faire fonctionner la télécommande de la télé...

— PFOOUU !» fais-tu, pas du tout touché par ses propos.

Vous quittez la gare pour vous rendre sur le quai au chapitre 114, où une locomotive et quelques wagons ont été abandonnés...

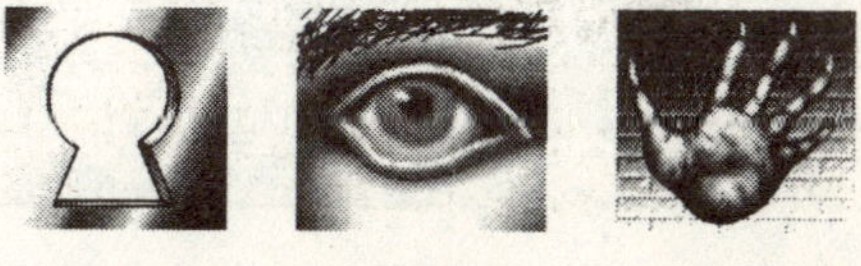

13

Les deux silhouettes trapues passent sans même vous voir et se dirigent d'un pas décidé vers le train.

«C'est Loup Ragoût avec le conducteur du train, chuchotes-tu. Lorsqu'il va se rendre compte qu'il lui manque une pièce pour faire avancer son tas de ferrailles, il va piquer une de ces crises. Il ne faut pas rester dans les parages...

— N'oubliez pas non plus que ça risque de devenir beaucoup moins drôle pour nous, vous fait remarquer Jean-Christophe, car il sait bien que 2 et 2 font 4 et que cette roue ne s'est pas déplacée toute seule. Il comprendra alors que quelqu'un est entré dans son domaine et a découvert le pot aux roses. Il faut partir tout de suite...»

Sur la pointe des pieds, vous cheminez lentement entre les arbres. Au milieu de la forêt, un hurlement à faire dresser les cheveux sur la tête résonne dans la nuit.

AAAOOOOOOOUUUUUUUU !

«AH ! voilà, c'est fait, dit Marjorie en poursuivant sa route. IL A FAIT L'ADDITION !»

Vous vous rendez jusqu'à une vieille cabane de mineurs au chapitre 19.

14

Vous constatez avec horreur qu'il ne s'agit pas d'un cimetière, mais plutôt... D'UN JARDIN ! Il est vrai que cette clôture faite d'ossements d'animaux qui l'entoure vous donne l'impression d'être près d'un lieu de sépultures et non pas dans un potager. La porte s'ouvre et se referme dans un concert de cliquetis lugubres au gré du vent qui souffle.

CLIC! CLIC!CLOC! CLIC!

Vous vous y engouffrez à l'aveuglette...

De longs sillons de légumes étranges s'étendent devant vous. Devant toi, tu crois reconnaître vaguement la tige et les feuilles d'une carotte. Pendant que Jean-Christophe et Marjorie surveillent les alentours, tu t'approches et tu tires sur la tige...

Une main osseuse jaillit du sillon de terre et cherche à te prendre la cheville... Va-t-elle réussir à t'attraper ? Pour le savoir...

... TOURNE LES PAGES DU DESTIN.

Si elle t'attrape, rends-toi au chapitre 45.

Par contre, si tu réussis à t'esquiver, va au chapitre 35.

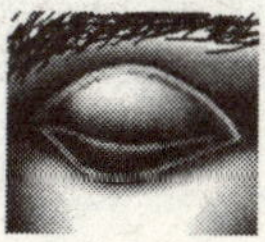

15

IL VOUS A VUS !

Vous fuyez dans toutes les directions. Le monstrarbre réussit à te faire trébucher avec une de ses longues racines. Le visage dans les feuilles mortes, tu ancres solidement tes deux mains sur le sol et tu te relèves d'un seul bond. Le monstrarbre darde une de ses branches épineuses à ton cou. Tu évites de justesse d'être piqué en te jetant à nouveau par terre.

Le monstrarbre grince et rugit...

RRRRROOOU !. puis revient à la charge !

Tu te remets vite sur pieds et tu tentes de t'éloigner en courant. Sa branche pousse, pousse et pousse jusqu'à ce qu'elle réussisse à t'attraper à la taille. Tu sens tes pieds glisser sur les feuilles lorsqu'il te tire vers lui.

D'un coup de karaté bien placé, tu fracasses sa branche, CRAC! et tu parviens à t'enfuir, mais avec... UNE ÉCHARDE PLANTÉE DANS LA MAIN !

La sève empoisonnée de l'arbre fait vite son chemin dans tes veines.

Terriblement affaibli, tu tombes plus loin au chapitre 112 dans les bras de tes amis...

16

Les deux yeux de la silhouette se mettent à briller dans le noir. Maintenant, c'est sûr qu'il vous a vus.

Vous parvenez assez vite à vous remettre sur pieds. La porte de la cantine s'ouvre. Aveuglés par la lumière, vous pouvez cependant deviner les contours d'un homme trapu immobilisé sur le seuil. Il tient dans sa main droite... UN COUPERET DE BOUCHER !

«CODE "D" À L'ARBRE MORT !» hurle Jean-Christophe en partant à courir.

Pour les Téméraires, code «D» signifie dispersion des membres de la bande et rendez-vous au grand arbre mort près de la cantine dans cinq minutes.

Marjorie et toi, vous vous exécutez aussi. Le boucher part à votre poursuite. Tu cours à toutes jambes en contournant les arbres de la forêt. Au bout de cinq longues minutes, tu jettes un coup d'œil au-dessus de ton épaule. Personne ne te poursuit. Tu reprends ton souffle et tu rebrousses chemin en jogging jusqu'à votre point de rencontre...

Seul devant l'arbre mort, tu attends plusieurs minutes avant de te décider à investir la cantine. Tu tournes la poignée et constates que, malheureusement, elle est verrouillée...

Rends-toi au chapitre 10.

17

Vous regrettez vite de l'avoir ouvert, car ce qu'il contient risque de longtemps revenir vous hanter dans vos pires cauchemars. Comme elle en a assez vu, Marjorie ferme la porte et l'ouvre de nouveau lorsqu'elle entend un bruit provenant de l'intérieur du garde-manger.

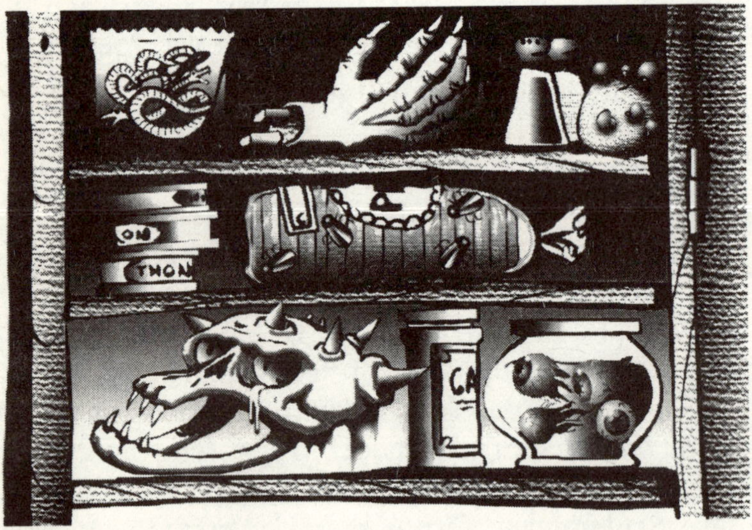

Regarde bien cette seconde image du garde-manger, elle a quelque chose de différent par rapport à la précédente. Si tu penses qu'il s'agit de la main bizarre à six doigts, rends-toi au chapitre 68. Si tu crois plutôt qu'il s'agit de cet abominable crâne d'animal, va au chapitre 110.

18

Marjorie réussit à atteindre la liane et à la tirer jusqu'au sol. Vous descendez tour à tour des épaules de Jean-Christophe.

Vous vous assurez de la solidité de la liane et vous grimpez.

Sur le toit du temple, des bourrasques de vent glacial vous giflent le visage. Marjorie s'accroche à ton chandail. Le vent redouble d'ardeur et le ciel se fait tout à coup très menaçant. Un immense nuage cache soudain la lune.

Puis, à la vitesse de l'éclair, des mains géantes vous saisissent et vous emportent tous les trois dans les airs.

C'est un vautour géant à deux têtes ! Ses grandes ailes sombres battent dans le ciel. Il relâche ses griffes et vous tombez dans son nid de branchages aussi grand qu'une piscine.

Cachés derrière un de ses gros œufs sur le point d'éclore, vous attendez que le vautour reparte avant de vous rendre au chapitre 111.

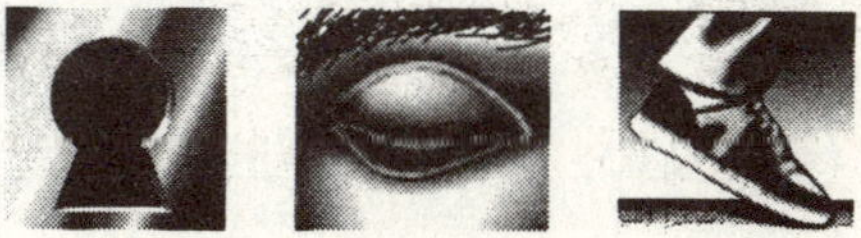

19

«Encore une vieille baraque sale, sombre et poussiéreuse, se plaint Marjorie. À force de mettre les pieds dans toutes sortes de dégueulasseries, on va finir par attraper toutes sortes de bobos...»

La porte de la grande cabane en bois vermoulu est ouverte. Vous entrez et constatez que c'est ici que les ouvriers de la mine entreposaient leur matériel minier au temps où la mine était exploitée.

Sur des tablettes, il y a encore des lampes à huile, de pics et des pelles. Sur un long tuyau de métal sont accrochés quelques habits et impers de mineur. Marjorie fouille dans quelques poches et y découvre une bague splendide sertie d'une éblouissante pierre bleue.

«UNE PIERRE DE LUNE ! s'écrie-t-elle en vous montrant le bijou.

— Une pierre de quoi ? lui demandes-tu.

— Une pierre de lune ! répète-t-elle. Cette bague donne à celui qui la porte le pouvoir de se transformer en loup-garou les nuits de pleine lune.

— Ça explique pourquoi il y tant de loups-garous, dans les parages, se met à réfléchir Jean-Christophe, cette mine est pleine de pierres de lune.»

Va au chapitre 58.

20

Vous trouvant certainement trop dodus pour vous laisser filer, le monstre enflammé vomit une autre coulée de lave, et vous vous retrouvez complètement encerclés par de la roche en fusion.

La chaleur devient accablante. De grosses gouttes de sueur perlent sur ton front. Vous vous mettez à danser sur un pied, car le sol est de plus en plus chaud.

Tu ne comprends pas pourquoi le monstre demeure immobile. Pourtant, il brûle d'envie de vous croquer, car il ne cesse de passer sa langue incandescente sur ses dents de pierre.

C'est seulement lorsque le caoutchouc des semelles de tes espadrilles se met à fondre que tu devines que ce monstre ne mange que des repas... CHAUDS !

FIN

21

Dans la pénombre d'un bois, tu distingues une multitude de petites paires de yeux immobiles. Tu avances tout de même, mais sur tes gardes. Deux loups surgissent de derrière un rocher. Vous vous élancez vers la carcasse d'une vieille camionnette rouillée pour vous mettre hors de portée sur le toit. Les loups vous tournent autour. La lampe dans les mains, tu t'attends à vendre chèrement ta vie, car tu tiens à ta peau et tu ne veux pas que l'on fasse des trous dedans.

Un des loups pose ses deux pattes sur le capot.

Tu te mets à lui crier des jurons innommables.

Les loups, à leur tour apeurés, baissent les oreilles et quittent l'endroit.

«Je ne savais pas que tu pouvais parler aux animaux ! s'exclame Marjorie, les yeux agrandis d'étonnement.

— Moi non plus, lui réponds-tu en souriant.

— Allez Docteur Little ! te dit Jean-Christophe pour se moquer de toi. Partons avant qu'ils reviennent et que tu te mettes à jacasser avec eux.»

Allez au chapitre 63.

22

Comme vous vous approchez des cages, une grande chauve-souris aux ailes noires et membraneuses surgit de la noirceur et se met à survoler ta tête. Tu bats des bras frénétiquement jusqu'à ce qu'elle s'éloigne et disparaisse par une fissure entre deux pierres. Vous approchez des cages dans lesquelles sont enfermées des statues de personnes d'un réalisme remarquable.

«Je ne suis pas amateur d'art, déclare Marjorie, mais l'artiste qui a créé ces œuvres possède un talent extraordinaire...

— Talent mon œil, s'exclame soudain Jean-Christophe, qui a reconnu les traits d'une des statues. Il y a quelque chose qui cloche, celle-ci ressemble trait pour trait à Mira, la fille du pharmacien, celle qui est disparue.

— Et celle-là, à Robert, celui qui tient la boutique de vélos, remarque Marjorie à son tour. Qu'est-ce que cela veut dire ?

— Il n'y a qu'une façon de le savoir», t'exclames-tu en abaissant la clenche du loquet.

Puis, sans hésiter une seconde, tu ouvres la porte grillagée de la cage. Tout de suite, la statue se met à clignoter comme un stroboscope de salle de danse et...

Allez sans tarder au chapitre 104.

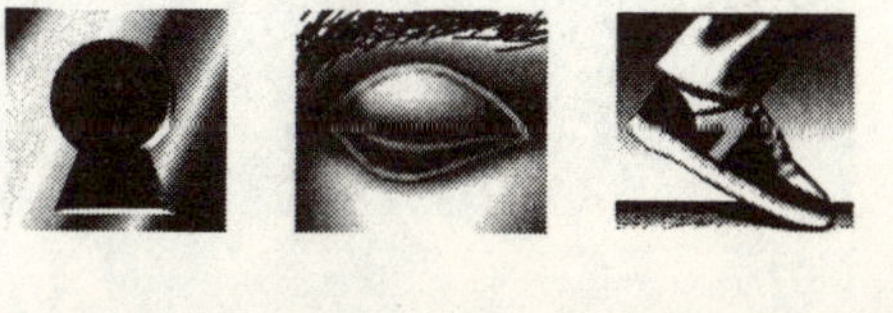

23

La fenêtre ouverte, tu supposes qu'elle a quitté les lieux. Enfin, c'est ce que tu espères...

Vous vous enfoncez alors dans la cantine. Derrière vous, la porte se referme violemment **BLAM!** et une ombre s'enfuit en courant.

Jean-Christophe pousse de toutes ses forces sur la porte, mais c'est inutile... VOUS ÊTES ENFERMÉS !

«OH ! OH ! fait-il, ça, c'est mauvais signe...»

L'endroit est éclairé par la faible lumière provenant des chandelles, qui finissent par se consumer sur chacune des tables. L'air y est presque irrespirable ; c'est normal pour un endroit où on ne sert que des aliments qui ont passé la date de consommation. Au comptoir, une chope de bière a été renversée et la moitié d'un sandwich au pain lépreux a été laissée. Comme si la personne qui le mangeait avait quitté les lieux en catastrophe.

Tu aperçois soudain par la fenêtre deux silhouettes s'échanger des paroles inaudibles puis prendre des directions différentes.

«Il y a quelque chose qui se prépare dehors», chuchotes-tu à tes amis.

La suite se trouve au chapitre 48.

24

Un cri inhumain retentit YIRGHHH ! derrière vous et vous êtes tous les trois poussés vers la porte, qui s'ouvre. Vous vous retrouvez par terre, empilés les uns sur les autres. Tu lèves la tête pour crier à tes amis qu'ils t'écrasent, mais tu restes muet à la vue d'une paire de bottes de caoutchouc couvertes de sang, plantées devant toi. Tu lèves les yeux sans bouger la tête, une lumière diffuse trace les contours d'une silhouette familière... Loup Ragoût !

Derrière vous, la porte se referme violemment et un rire inquiétant se fait entendre. C'est le boucher de la cantine avec son couperet. Deux mains puissantes te saisissent et te remettent sur pieds. L'haleine fétide de Loup Ragoût te fait presque perdre conscience.

«Aïe ! Aïe ! Aïe ! t'exclames-tu en secouant la tête. Un bonbon à la menthe, ça ne vous tuerait pas ! Quelle haleine !»

Ses doigts crochus enroulés se serrent sur le manche de son couteau, qu'il pointe sur ta gorge.

«Je ne sais pas de quelle façon vous avez réussi à arriver jusqu'ici, se demande-t-il en faisant miroiter la lame devant ton visage, mais ça n'a plus d'importance, car maintenant... VOUS ALLEZ Y GOÛTER !»

Allez au chapitre 32.

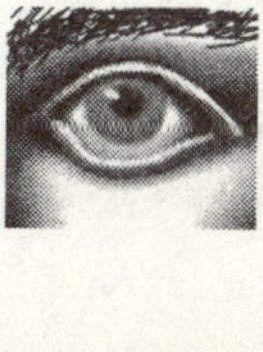

25

«VERS SOMBREVILLE ! devines-tu à voix haute. Ce tronçon de voie ferrée doit certainement se rendre à la gare du centre-ville...

— Ça, c'est une combine de ce fou dangereux de Loup Ragoût, dit Marjorie.

— Si ce train réussit à atteindre la ville, t'inquiètes-tu, avec tous ces monstres à bord, ça va être un vrai carnage. Il y aura du sang partout...

— IL FAUT EMPÊCHER CELA ! s'emporte Jean-Christophe. Coûte que coûte...»

Vous vous rendez vite vers la tête du train, où se trouve la locomotive. Après vous être assurés qu'elle est déserte, vous pénétrez dans la cabine de conduite. Au pupitre, une lumière témoin verte clignote et annonce le départ imminent du train.

À gauche, devant un coffre à outils, un panneau a été ouvert sur l'engrenage principal du moteur. Il est clair que l'on s'apprêtait à effectuer une réparation avant le départ, car il manque une roue dentée.

Allez au chapitre 113.

26

«MAIS QU'EST-CE QUE TU FAIS ? REVIENS ICI ! t'implore Marjorie, toute tremblante, REVIENS ICI !..

— GRRRRRRRR ! Jeune imbécile ! grogne le... LOUP-GAROU ! Tu crois pouvoir m'acheter avec cette pièce ridicule...

— Non, pas du tout, Monsieur touffe-de-poils-pleine-de-poux, lui réponds-tu, sûr de ton coup. CETTE PIÈCE EST EN ARGENT !»

La tête entre ses deux épaules, le dos cambré, il se met sur ses gardes.

Tu avances, et le loup-garou recule d'un pas...

Comme s'il s'agissait d'un miroir, tu fais briller la pièce sous ses yeux. Le chatoiement le pousse à rebrousser chemin jusqu'à la rive. Tu avances vers lui. Il se cache les yeux avec son bras velu. Tu sautes sur une autre roche. La pièce te glisse des mains CLING ! et tombe au fond de la rivière. Le loup-garou montre ses longues dents affûtées et sourit...

Que vous choisissiez de sauter tous les trois dans ce torrent impétueux ou que vous décidiez d'affronter à mains nues ce loup-garou, il en restera que ce sera d'une façon ou d'une autre...

... LA FIN

 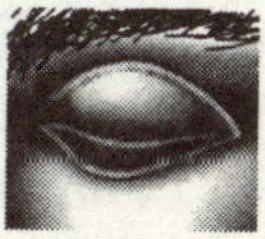 

27

Le centaure ne vous a pas raconté de blagues. Entre les deux sapins, sous une couche de feuillage, vous avez réussi à trouver le pentagone.

«Vous êtes sûr que c'est une bonne idée, vous demande Marjorie, pas trop certaine. Je trouve cette histoire un peu loufoque...

— LOUP-FOQUE TU DIS ? se moque Jean-Christophe.

— Ce n'est pas le temps de faire des jeux de mots stupides, se choque-t-elle, et réponds-moi, tu ne trouves pas ça louche ?

— C'est très très LOUP-CHE en effet ! ! !» reprend-il en déformant encore ses paroles.

Marjorie s'emporte et pousse son frère sans s'en apercevoir... DANS LE PENTAGONE...

Tourne les pages jusqu'au chapitre 98.

28

Vous sautez de la locomotive et vous partez derrière elle en courant. Après avoir traversé la forêt, vous vous retrouvez tous les trois à bout de souffle.

«Il faut se sortir ça de la tête, vous dit Jean-Christophe, essoufflé, nous ne pourrons pas la rattraper.»

Résignés, vous suivez les traces de dents laissées par la roue sur le sol jusqu'au pavé de la ville. Tu te croises les doigts, tu espères que personne ne sera blessé et qu'il n'y a pas trop de dégâts. Dans les rues désertes de la ville, rien ne semble avoir été touché par son passage, si ce n'est les petites traces de dents dans le pavé qui vous conduisent vers la rue Latrouille, où tu habites. Vous vous mettez à courir comme des fous lorsque vous apercevez les gyrophares d'une auto patrouille garée devant chez toi.

La roue dentée a franchi plusieurs kilomètres sans blesser personne, sans écraser une seule fleur, sans égratigner une voiture ni même détruire une boîte aux lettres. Elle a réussit par contre à se frayer un chemin jusqu'à ta cour et à écrabouiller ton vélo. Puis, elle a enfoncé le mur de ta chambre où elle a massacré ton jeu vidéo et ta télé. Finalement, elle s'est arrêtée devant ton pupitre et elle est tombée... SUR TON ORDI !

FIN

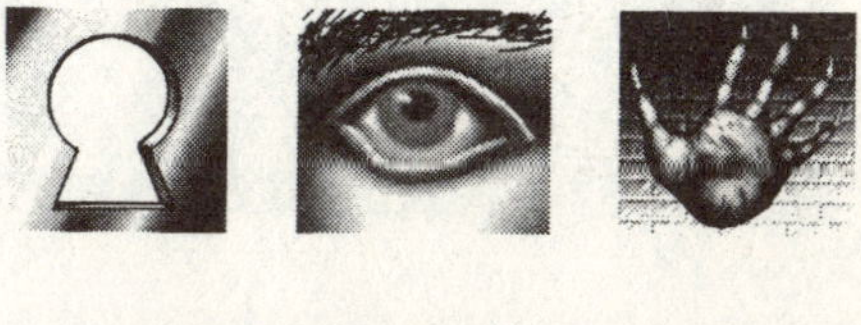

29

Un peu plus loin, la galerie débouche sur un escalier en colimaçon sculpté à même les rochers. Vous escaladez des centaines et des centaines de marches.

Haletante, Marjorie s'assoit pour reprendre son souffle. Elle sursaute lorsqu'elle aperçoit un squelette blanchâtre tout près d'elle.

«Il ne se rendra jamais jusqu'à la sortie, celui-là», sourit Jean-Christophe.

Tu penches la tête dans le vide et tu regardes les interminables vrilles de cet escalier. Un millier de marches plus haut, vous arrivez enfin au sommet d'un très haut édifice circulaire...

«Cette tour est un phare pour guider la marche des navires, dit Marjorie en jetant un coup d'œil timide à la hauteur vertigineuse qui vous sépare du sol.

— Un phare mon œil, fais-tu en pointant à l'horizon. Vois-tu la mer, toi ?

Jean-Christophe examine attentivement l'endroit puis s'exclame :

— JE SAIS À QUOI SERT CETTE GRANDE TOUR...»

Allez au chapitre 97.

30

Incapables de te dégager, même en utilisant une poutre comme pilier, ils décident de repartir à Sombreville pour chercher de l'aide...

Tu attends pendant de longues heures. La douleur est parfois insoutenable. Tu allumes ta lampe et tu la places de façon à être dans la sécurité de sa lumière. Pendant que tu attends, tu essaies de te convaincre que chacun des bruits de la nuit n'annonce pas la venue d'une bête ou d'un quelconque monstre venu se repaître d'une proie facile.

D'autres heures passent et tu t'assoupis...

Tu te réveilles en te demandant combien de temps tu as dormi. Longtemps, car au-dessus de toi, le ciel est bleu. Jean-Christophe et Marjorie ne sont toujours pas de retour. Il leur est peut-être arrivé quelque chose.

Tu en es presque sûr lorsque la journée passe et que le soleil se couche de nouveau. La nuit tombée, une faim terrible te tenaille et tu n'as rien à manger. Un gros scarabée dodu rôde autour de toi. Tu sais que si tes amis ne reviennent jamais, c'est en bavant comme un escargot que tu croqueras cet insecte dégoûtant dans deux ou trois jours...

FIN

 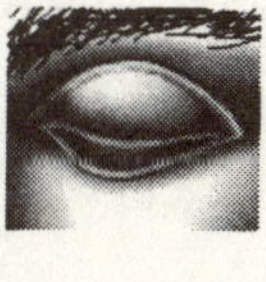 

31

De sa main bleutée et transparente, il tend une liasse de tickets à Loup Ragoût. Tu évalues à environ 60 le nombre de tickets que le fantôme vient de lui remettre. 60 tickets pour 60 loups-garous... ÇA VA ÊTRE UN MASSACRE !

«Il faut arrêter ça à tout prix, chuchotes-tu à tes amis, même si nous devons y laisser notre peau...»

Joignant le geste à la parole, tu te jettes sur Loup Ragoût en hurlant comme un apache OUUUUU ! et tu lui arraches les tickets de la main. Surpris, il tourne la tête et te fixe de ses yeux étincelants. Tu plantes ton regard dans le sien et tu recules. Loup Ragoût va se placer devant une fenêtre et pousse le rideau déchiré pour que son corps puisse baigner complètement dans les rayons de... LA PLEINE LUNE !

Va-t-il se transformer en loup-garou ? Peut-être que oui, peut-être que non. Pour le savoir...

... TOURNE LES PAGES DU DESTIN, et vise bien !

Si la pleine lune est cachée par le nuage, bravo ! Rends-toi au chapitre 109.

Si par contre la pleine lune trône bien haut dans le ciel, va au chapitre 90.

32

Tout, autour de vous, devient tout à coup silencieux. Seul le tic tac d'une horloge au mécanisme fatigué résonne.

Le boucher verrouille la porte...

CHLIC!

Loup Ragoût se met à grimacer, et d'étranges modifications s'opèrent en lui. Ses yeux rougissent et du poil commence à lui pousser au visage. Tu profites de son immobilité pour chercher une sortie. Tu t'approches d'une grande fenêtre aux carreaux brisés et tu remarques avec horreur... LA PLEINE LUNE !

Tu recules d’un pas et tu arrives dans les bras de Jean-Christophe.

«Il va-va se transformer en en loup-garou !» lui bégayes-tu...

Peut-être que oui, peut-être que non. Pour le savoir...

... TOURNE LES PAGES DU DESTIN, et vise bien !

Si la pleine lune est cachée par le petit nuage, bravo ! Rends-toi au chapitre 41.

Si par contre la pleine lune trône bien haut dans le ciel, va au chapitre 62.

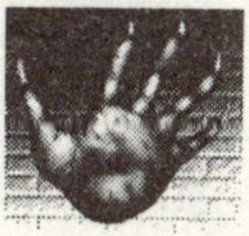

33

«Ça-ça fait longtemps qu'il est mort, tu crois ? bégaie Marjorie.

— Il est mort, il y a seulement deux minutes ! lui réponds-tu.

— DEUX MINUTES ! répète Jean-Christophe. C'est impossible, le cadavre est presque complètement décomposé...

— Parce que c'est vous qui l'avez tué en enfonçant la porte, leur expliques-tu. C'est lui qui voulait me mordre les doigts. Regardez la poignée de la porte, elle est en argent. La porte s'est ouverte sur le loup-garou et il l'a reçue en plein visage. Vous le savez, il n'y a que l'argent qui peut tuer un loup-garou.

— Tu crois qu'il s'agit de Loup Ragoût lui-même ? demande Marjorie qui lance des regards affolés dans tous les sens.

— Tu vois un tablier tout crotté en quelque part, toi ? la pousses-tu à réfléchir. Non ! eh bien ce n'est pas lui...»

Vous vous dirigez finalement vers l'escalier. Entre le bruit timide de vos pas qui se mêle au martèlement des gouttes d'eau qui s'écoulent du plafond au plancher, vous réussissez à percevoir un grognement.

POUF ! GRRRRRRRRRR ! PLIC ! PLOC !

Fais une prière et va au chapitre 91.

34

«IL FAUT À TOUT PRIX OUVRIR CETTE PORTE !» hurle Marjorie...

Pendant que tes deux amis essaient de forcer la porte, toi, au bout de tes doigts, ce n'est plus la langue de la créature que tu ressens... MAIS SES DENTS !

Jean-Christophe, incapable de l'ouvrir, recule d'un pas pour mieux réfléchir. Sur le mur tout près, des signes ont été gravés.

«C'est une porte à système d'ouverture vocale ! reconnaît-il. Il suffit de trouver et de dire le bon numéro pour que la porte s'ouvre d'elle-même.»

Étudie bien cette illustration. Dois-tu aller au chapitre 40 ou au chapitre 72 ? Une fois que tu auras trouvé, dis-le très fort et rends-toi au chapitre en question...

 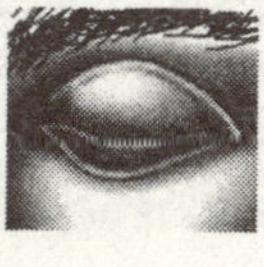 

35

Vous quittez en trombe le potager jusqu'à de verts pâturages. Des traces de sabots sur le sol trahissent la présence d'un bétail quelconque sans doute destiné à la Cantine morbide. Le mauvais souvenir du jardin de Loup Ragoût tout frais en tête, tu te dis qu'il vaudrait mieux être prudent. Et tu as raison, car si des légumes peuvent s'en prendre à vous, tu ne voudrais pas rencontrer les monstres qui broutent ces vertes collines.

Vous marchez longtemps avant d'apercevoir un nuage de poussière qui s'élève au loin. Jean-Christophe cherche les jumelles dans le sac à dos de sa sœur et te les remet. Tu les pointes tout de suite vers la meute galopante et découvres que des monstres mi-cheval mi-homme se dirigent vers vous.

Couchés tous les trois dans l'herbe haute, vous espérez que les centaures passeront sans vous voir. Pour le savoir...

... TOURNE LES PAGES DU DESTIN.

S'ils vous aperçoivent, allez au chapitre 70.

Si, par une chance incroyable, ils passent sans remarquer votre présence, allez au chapitre 57.

35

Jean-Christophe éteint sa lampe et vous filez comme des balles de revolver vous cacher derrière les débris de meubles démolis entassés dans un coin.

CLING ! CLING! CLING!

C'est bien un bruit de chaîne traînée par terre. Peu importe ce que c'est, ça vient dans votre direction.

Tu lèves la tête très lentement. Les lueurs d'un petit fanal précèdent une silhouette trapue. C'est le boucher de la Cantine morbide. Des viscères d'animal pendent à son tablier. Apeuré, tu baisses la tête. Marjorie est assise par terre, les jambes serrées entre ses bras. Le bruit de chaîne cesse. Les lueurs du fanal oscillent au-dessus de votre cachette, puis la tête répugnante du boucher apparaît. Tu regardes tout autour, pas de fuite possible. Incapables de vous soustraire à sa vue, vous vous entassez dans le coin. Le boucher attrape ta cheville et te soulève dans les airs de ses bras puissants. Il te lance un terrifiant sourire de sa bouche édentée avant de t'attacher comme un saucisson avec sa chaîne. Pendant qu'il fait la même chose à tes deux amis, tu essaies de te dégager, mais tu en es incapable...

Là, vous vous êtes vraiment mis les pieds... DANS LES PLATS !

FIN

37

Un gros tronc d'arbre vide vous permet de traverser votre premier obstacle... UNE PROFONDE CREVASSE !

Tandis qu'avec Jean-Christophe tu marches comme un funambule sur le tronc jusqu'à l'autre monticule, Marjorie, qui est plus petite, réussit à vous rejoindre en rampant à l'intérieur.

De l'autre côté, un vaste étang parsemé de nénuphars géants s'étend devant vous. Jean-Christophe évalue silencieusement la situation puis se met à sourire. Avant que tu aies pu deviner ce qu'il y avait de drôle, il saute à pieds joints sur un nénuphar de plus de deux mètres de diamètre, puis sur un autre.

Marjorie, qui a saisi l'astuce, s'exécute elle aussi. Tu la suis et vous vous rendez ainsi tous les trois au milieu du marais où là, vous vous servez chacun de votre nénuphar comme embarcation personnelle pour traverser, en pagayant avec vos mains, en direction de l'autre rive.

Soudain, alors que vous êtes presque arrivés, un coassement terrible résonne sur tout l'étang.

GROAAAAAAAA !

Rendez-vous au chapitre 86.

38

Vous pénétrez discrètement dans la clairière où est parquée la cantine morbide. Sous les branches d'un arbre mort sont suspendues tête en bas une douzaine de grosses chauves-souris noires et poilues.

«Vous croyez que ce sont des chauves-souris vampires ? voudrait savoir Marjorie, les yeux écarquillés par la peur.

— Ça, on ne le sait pas tant qu'elles ne se jettent pas sur nous pour nous mordre le cou, lui répond son frère Jean-Christophe. Et à ce moment-là...

— CHUUUT !» fais-tu à tes amis en posant ton index devant tes lèvres alors que tu aperçois une silhouette étrange dans la fenêtre de la cantine.

Tous les trois, vous vous effondrez sur le sol de la même manière que vous le faisiez lorsque vous imitiez des cow-boys foudroyés par une balle de revolver lors d'un duel. Allez-vous être aperçus par cette silhouette ? Pour le savoir...

... TOURNE LES PAGES DU DESTIN.

Si par malheur elle vous a aperçus, vous devez aller au chapitre 16.

Si par contre, elle ne vous a pas vus, rendez-vous au chapitre 47.

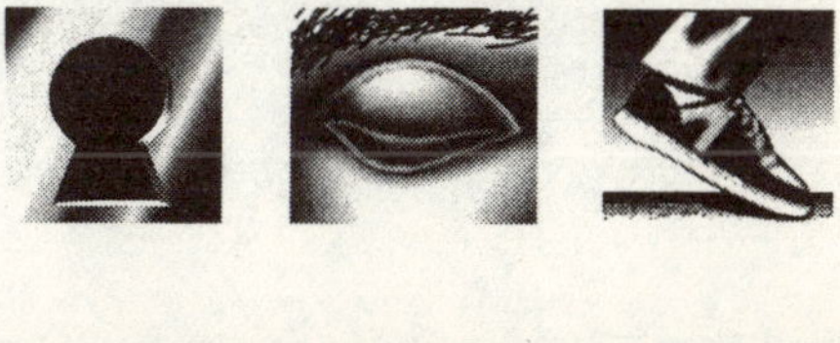

39

Après le bruit de la porte qui s'ouvre en grinçant **CRRIII!** c'est un profond silence qui règne.

«BRRR ! Ça me fait des frissons dans le dos, souffles-tu à tes amis. On se croirait près d'un cimetière.»

C'est vrai que le maître de cet endroit aurait intérêt à faire du ménage. De l'eau s'écoule d'un peu partout, tellement qu'on dirait qu'il pleut à l'intérieur. Une goutte vient mourir sur ta tête. Tu portes ta main à tes cheveux et tu regardes ensuite ton doigt taché de... ROUGE !

«DU SANG ! cries-tu. C'est du sang, regardez...»

Vous vous écartez des gouttelettes qui continuent à s'écouler du plafond et vous levez la tête. Un gros quartier de bœuf est suspendu à une poutre. De grosses mouches survolent follement le morceau de viande. Jean-Christophe plonge rapidement sa main dans le sac à dos de sa sœur pour en ressortir la lampe. Sur des tables sont étalées des dizaines de boulettes de viande.

Un hurlement détourne votre attention...

«AHHHH ! fait la voix, ne me laissez pas ici, je vous en prie...»

Allez tout de suite au chapitre 100.

40

Tes amis ont eu beau regarder ces signes dans tous les sens, ils n'ont pas prononcé le bon numéro. Tous les deux échangent des regards de désespoir, puis Marjorie lance :

«Aux grands maux les grands moyens...»

Ils reculent de plusieurs enjambées et s'élancent vers la porte à toute allure... TU BAISSES LA TÊTE !

Leurs épaules frappent simultanément la porte qui cède sous l'impact.

Le bras miraculeusement dégagé, tu te relèves.

«Ça n'a pas fait mal, leur dis-tu, mais vous me prévenez, la prochaine fois.»

Derrière la porte, il fait plutôt sombre, et un escalier vous invite à vous enfoncer dans de plus grandes ténèbres encore. Jean-Christophe s'y dirige.

«Je ne suis pas certaine que ce soit une bonne idée, affirme Marjorie, soudain prise d'une peur inexplicable.

— C'est vrai que je dois l'avouer, te mets-tu à songer. Cet endroit cache quelque chose de terrible. Et puis, où est passée cette bête qui s'apprêtait à me mordre ?»

Tu essaies de chasser cette pensée et tu avances timidement vers l'escalier en passant par le chapitre 74.

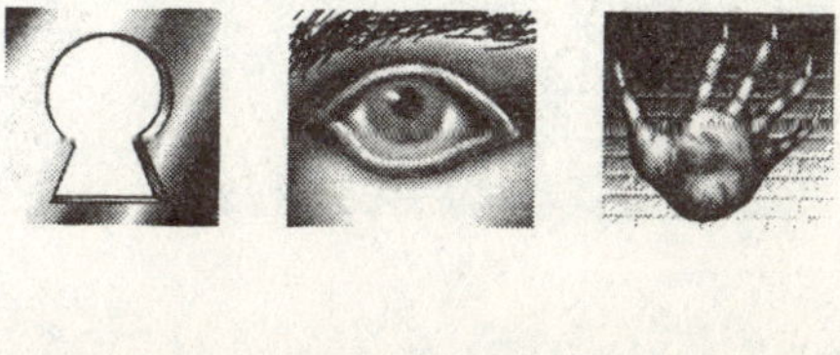

41

«Avec ce nuage qui cache la pleine lune, vous vous croyez peut-être sortis du pétrin, gronde Loup Ragoût en montrant des signes d'impatience, mais il n'en est rien. Maintenant, vous allez voir qu'il y a pire que mourir d'une morsure de loup-garou.»

Loup Ragoût claque des doigts **CLAC !** et aussitôt un grincement de petites roues mal graissées retentit.

COUIC! COUIC! COUIC!

D'une porte battante que tu n'avais pas vue, Zita, la serveuse squelettique de la cantine, apparaît. On raconte partout dans la ville qu'elle serait décédée il y plusieurs années. Elle serait en fait une morte vivante. C'est vrai que sa peau blanchâtre et ses yeux sans vie nous portent à croire cette folle histoire.

Elle arrive avec une desserte sur laquelle est posée une marmite contenant un horrible potage verdâtre. Dedans, un immense os et une tête de rat donnent à cette mixture du diable une puanteur épouvantable.

Rendez-vous au chapitre 54.

42

Les grincements de la cantine morbide roulant sur la rue Latrouille résonnent dans tout Sombreville. CRII! CRII ! Le moteur fait de petites explosions à chaque changement de vitesse PAF! PAF! et te fait sursauter. Loup Ragoût file comme un fou sur le boulevard Mortauxtrousses sans se douter le moindrement qu'il transporte une cargaison clandestine... VOUS !

Arrivé aux limites de la ville, il s'arrête subitement à l'orée de la Forêt des malheurs. Il sort du véhicule et se dirige vers un écriteau. Loup Ragoût jette des regards au-dessus de chacune de ses épaules, puis il tire sur le vieux panneau en bois. Tout de suite, de grosses branches s'écartent et un long chemin de terre apparaît.

«Un passage secret ! s'exclame Marjorie.

— C'est ici que nous débarquons, commande Jean-Christophe. Nous ferons le reste à pied.»

Vous descendez un après l'autre du toit de la cantine et vous vous mettez sans attendre à suivre difficilement la Cantine morbide qui, malheureusement, prend de la distance et disparaît au bout du chemin.

Vous arrivez tout de même à l'endroit où elle est garée, au chapitre 4.

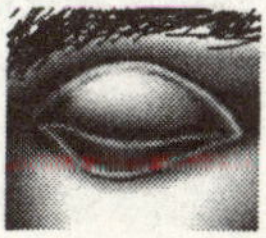

43

Tu te tournes vers tes amis et tu te pinces la joue.

Pour les Téméraires de l'horreur, c'est le signe qu'un grand danger s'annonce et qu'il faut prendre la fuite très vite. Tes amis se pincent la joue à leur tour pour te montrer qu'ils ont bien reçu le message...

Vous vous mettez à pagayer comme des fous en direction de la rive. Frénétiquement, tu frappes l'eau avec la paume de ta main.

FLAP! FLAP!FLAP!

Un autre coassement survient.

GROAAAAAAA !

Tu ne tournes même pas la tête pour chercher à savoir si la grenouille se rapproche. À bout de souffle, vous réussissez à toucher terre à ta grande surprise, sains et saufs.

Les yeux vitreux de la grenouille émergent de nouveau à la surface. Pour te moquer d'elle, tu lui fais une grimace avec ta langue.

Elle te rend la pareille, mais sa longue langue gluante se colle à ton chandail et elle te tire comme un vulgaire insecte, dans les tréfonds de sa grande bouche...

FIN

44

Ses yeux rougissent, son nez s'allonge et de longs poils bruns commencent à pousser sur ses bras.

Dans d'autres circonstances, tu serais resté ici pour aider ton amie, mais lorsqu'elle aura complètement été transformée en loup-garou, elle aura oublié qui tu es et elle n'aura en tête qu'une chose, calmer cet appétit terrible qui la tenaille...

Vous quittez en vitesse la cabane pour chercher refuge. Dehors, il y a d'un côté la forêt, et de l'autre, la mine désaffectée.

«NON ! PAS LA FORÊT, te presse Jean-Christophe en se dirigeant vers l'entrée de la mine. C'est le terrain de chasse favori des loups-garous. Par ici plutôt, c'est notre seule chance...»

Vous jetez un œil prudent dans les profondeurs de la mine avant de vous y engouffrer. Vous longez les couloirs en prenant bien soin de ne pas toucher les poutres de bois pourri qui retiennent précairement les tonnes de roches au-dessus de vos têtes.

Tout à coup, un retentissant hurlement résonne sur les parois humides.

AAAAAOOOOUUUUUUUU !

Courez vers le chapitre 94.

 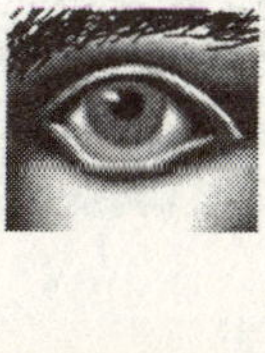 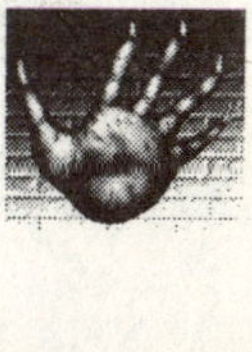

45

Ses cinq doigts crochus et décharnés se plantent dans ta cheville et te tirent sous terre. Tu t'enfonces et t'enfonces. Tu sens la terre monter jusqu'à ta taille. Jean-Christophe et Marjorie t'attrapent chacun par un bras. Les pieds bien ancrés sur le sol, ils donnent tout ce qu'ils peuvent, mais ils ne parviennent pas à t'extirper du sol. D'autres mains surgissent et les attrapent à leur tour. Vous êtes aspirés tous les trois dans les profondeurs du potager de Loup Ragoût...

Six pieds sous la surface, l'air se fait si rare que vous êtes tombés tous les trois dans les pommes. Vous recouvrez lentement vos esprits un peu plus tard dans une grotte terreuse, sombre, éclairée par des flambeaux crépitants. Surpris de voir que vous êtes encore en vie et que les vers ne vous ont pas encore dévorés, vous remerciez Dieu en levant les yeux.

La seule sortie de cet endroit est une lourde porte cloutée. Pour savoir si elle est verrouillée...

... TOURNE LES PAGES DU DESTIN.

Si elle est ouverte, allez au chapitre 29.

Si par contre elle est verrouillée, rendez-vous au chapitre 96.

46

«ALLEZ, GOÛTE ! te gronde Loup Ragoût, GOÛTE !»

Alors que tu cherches un ustensile, Jean-Christophe plonge la main dans le sac à dos de sa sœur pour en ressortir une fourchette.

Tu la prends et piques au hasard dans la marmite.

Derrière toi, le boucher se pourlèche les babines. Tu sors la main de la marmite. Une carotte ramollie par cette étrange sauce verte pend mollement au bout de la fourchette ; tu hésites...

Loup Ragoût pointe son couteau et t'intime l'ordre de manger.

«ALLEZ !»

À contrecœur, tu mords dans les légumes. Tu es tout surpris que, malgré le fait que cette mixture pue énormément... elle a bon goût !

Rageur, Loup Ragoût, voyant que ça te plaît, t'arrache la fourchette et met l'autre moitié de la carotte dans sa bouche...

Immédiatement, il est à l'agonie. Devant vos yeux, sa gorge rétrécit et se dessèche. Zita et le boucher s'enfuient à toutes jambes.

Qu'est-ce qui se passe ? Pour le savoir allez au chapitre 115.

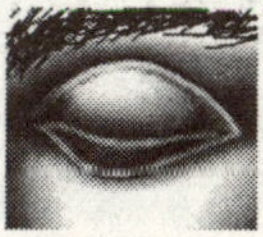

47

ELLE NE VOUS A PAS VUS !

Tu te relèves et avant que tu puisses pousser un soupir de soulagement, tu remarques que des ombres inquiétantes passent en voltigeant. Tu tournes vite la tête vers l'arbre et constates que les chauves-souris ne sont plus perchées où elles étaient. Des battements d'ailes précipités te poussent à lever la tête vers le ciel. **FLOP ! FLOP ! FLAP !** Une chauve-souris survole rapidement la clairière et passe à un mètre de la tête de Marjorie, qui laisse échapper un hurlement ; OUAAA !

Des petits cris se font entendre autour de vous SIII ! SIII ! Pour en rajouter, un brouillard commence à s'installer. D'autres chauves-souris vous survolent de près. Vous ne les apercevez que lorsqu'elles sont tout près de vous. Jean-Christophe, armé d'une branche, balaie le ciel dans l'espoir d'en assommer une et d'effrayer les autres. Tu lèves les yeux, une autre fonce en piqué vers toi. Tu croises tes doigts devant toi pour imiter une croix, mais la chauve-souris vampire fonce toujours vers toi. Tu te jettes à nouveau par terre et tu relèves ton chandail pour te cacher la tête...

Va au chapitre 3.

48

Comme toujours, Marjorie, prête à vendre chèrement sa peau, prend une chaise et la soulève au-dessus de sa tête. Une grosse blatte dévale la patte de la chaise et se glisse entre ses doigts.

Elle laisse tomber la chaise **BANG!** et secoue ses mains vigoureusement dans tous les sens en criant.

«AAAAAH !»

Alertées, les deux silhouettes reviennent en courant, passent devant la fenêtre et se mettent à tourner lentement la poignée de la porte d'entrée.

Tu veux te diriger vers la cuisine, mais avant que tu puisses lever un seul pied, la porte s'ouvre avec fracas **BLAM!** et deux policiers font irruption.

«QUI VA LÀ ? demande le premier en braquant sa lampe en plein sur ton visage.

— Qu'est-ce que vous faites ici à une heure aussi tardive, les enfants ? s'enquiert le deuxième.

— EUUUUUH ! bafouilles-tu en écartant les bras chaque côté de toi.

— Allez, on vous ramène chez vous», vous dit-il finalement.

Bien assis dans l'auto patrouille, vous êtes conduits au chapitre 53.

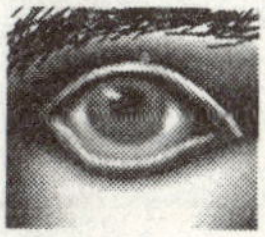
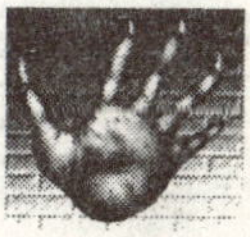

49

Loup Ragoût se met à muer et Marjorie, à trembler...

Tu lui arraches les jumelles des mains et tu vises la fenêtre de la cantine qui a été brisée... IL N'EST PLUS LÀ ! Tu scrutes méticuleusement entre chaque arbre de la forêt sans le trouver nulle part. Tu pointes tes jumelles vers Sombreville, toujours silencieuse, en pensant aux pauvres gens. S'il arrivait malheur à quelqu'un, tu ne te pardonnerais jamais d'avoir fait muer Loup Ragoût en loup-garou...

Alors que tu continues à chercher dans les alentours, un curieux grattement survient...

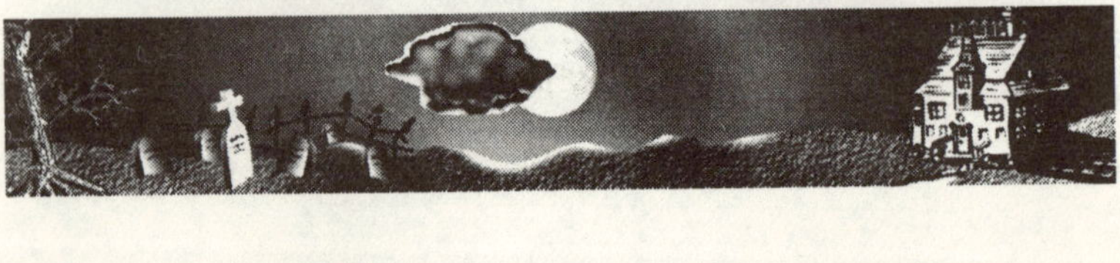

50

Tu inspectes rapidement les lieux et tu découvres que cette caverne est un cul-de-sac et qu'il n'y a pas d'autre sortie que celle par où vous êtes entrés. Le cœur qui bat à tout rompre, vous rebroussez chemin jusqu'au gros cratère. Le monstre crache une motte de lave qui vient s'écraser juste derrière toi.

SPLAT!

Une éclaboussure de roche en fusion a atteint ton chandail et commence à se frayer un chemin jusqu'à ta peau.

SHHHH!

Tu hurles de douleur... «AAAAH !»

Jean-Christophe déchire la partie de ton chandail qui a été touchée et la lance dans le cratère.

Le monstre hurle de sa voix rauque lorsqu'il vous voit quitter la caverne, «RRRAAUUUUUU !»

Vous retournez au carrefour de l'écriteau pour revenir à la surface au chapitre 4 et choisir un autre chemin.

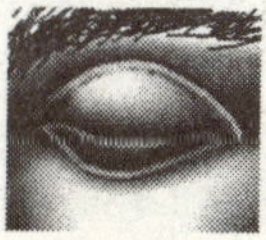

51

Derrière la porte, vous vous enfoncez dans les ténèbres. Jean-Christophe passe devant avec la lampe. Dans cette pièce, il n'y a personne en vue. Par contre, ça sent encore plus mauvais que dans l'autre. Autour de vous, des cadavres de poulets traînent un peu partout.

«Je crois savoir où nous sommes, affirme Jean-Christophe. C'est la boucherie. C'est ici qu'il prépare ses viandes.

— Conserver sa viande hors d'un réfrigérateur, dit Marjorie, c'est sans doute ça, sa recette spéciale.

— POUAH ! fais-tu, dégoûté.

— Ces chats et ces chiens, réfléchit tout à coup Marjorie. Qu'est-ce qu'il leur est arrivé, d'après toi ?

— J'aime mieux ne pas y penser, t'inquiètes-tu. Il ne faut pas oublier qu'il y a aussi des personnes qui sont disparues.»

Tu t'approches d'une fenêtre. L'odeur du sang frais a attiré une nuée de chauves-souris. Elles tracent un cercle au-dessus de cette grande baraque lugubre dans laquelle vous vous trouvez. Pendant que tu te demandes dans quelle histoire tu t'es encore fourré, un bruit, genre bruit de chaîne, se fait entendre...

CLING! CLING! CLING!

Allez au chapitre 36.

52

Par réflexe, Jean-Christophe braque la lampe en plein sur la tête du chat. Le chat émet un grognement caverneux **GROOUUUU!** et s'enfuit.

«C'était quoi ça, ce monstre ? demande Marjorie, les yeux agrandis de terreur... un chat ?

— Oui, un des chats du quartier devenu zombie ou mort vivant, lui répond son frère. En tout cas, c'est la preuve que nous ne nous sommes pas trompés d'adresse.»

Tu ravales ta salive et tu suis de très près Jean-Christophe, qui avance lentement vers la porte. Tu jettes un œil prudent tout autour de toi pour t'assurer que le chat n'est plus dans les parages. Devant vous se dresse cette grande porte. Elle n'a pas de serrure. De la bouche des deux grandes statues s'échappe une fumée dense. Tu ne le jurerais pas, mais il te semble bien que tantôt... IL N'Y AVAIT RIEN...

«Quelque chose est en train de mijoter de l'autre côté, chuchotes-tu à l'oreille de Jean-Christophe en lui montrant la fumée.

— POUAH ! fait-il tout bas lorsque l'odeur atteint ses narines. C'est terrible cette odeur, on dirait qu'il fait cuire des vers de terre.»

Bouche ton nez et rends-toi au chapitre 24.

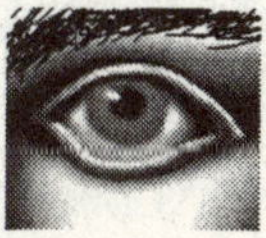

53

Sur le perron de ta maison, ton père, rouge de colère, écoute les explications du policier.

«Le propriétaire, monsieur Ragoût, lui explique-t-il, nous a signalé la présence de rôdeurs ce soir sur son domaine. Après une courte inspection des lieux, nous les avons trouvés dans la cantine. Ils s'y sont introduits sans autorisation. J'espère qu'ils auront la sanction qu'ils méritent. Heureusement pour eux, le propriétaire ne portera pas plainte. Il a un grand cœur, ce monsieur Ragoût...»

Tu baisses la tête, car tu n'en crois pas tes oreilles. Un grand cœur, qu'il dit... Il a plutôt un grand estomac...

Comme Marjorie et Jean-Christophe, tu attends peinard que les policiers quittent pour fournir à ton père TES explications. Si toutefois il veut bien t'écouter.

Tu attends patiemment ton tour en regardant les ombres de ton père et celles des deux policiers que la lumière du balcon projette très loin sur le trottoir. Celle de ton père te semble parfaitement normale, mais celles des deux policiers ont curieusement... LA FORME D'UN LOUP-GAROU !

FIN

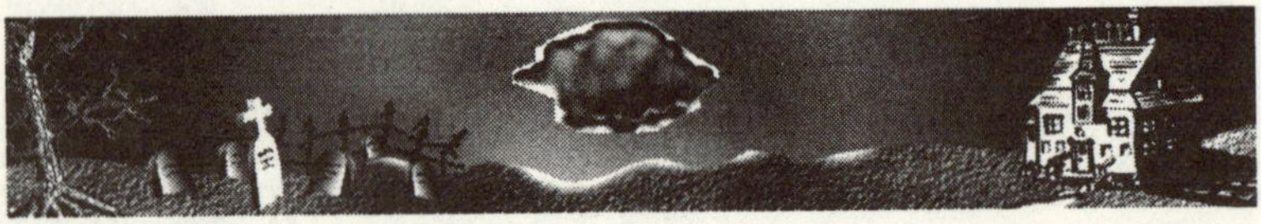

54

«Voyez-vous, tous les gens que nous avons enlevés me servent de cobayes, explique Loup Ragoût en brassant lentement le potage avec une grosse louche en bois. Oui, ce sont eux, les goûteurs de tous les repas que je prépare. À la prochaine pleine lune, j'organiserai une grande fête et tous les citoyens de Sombreville y seront invités. Après avoir goûté un de mes repas SPÉCIALEMENT préparé pour l'occasion, ils sombreront tous dans un profond sommeil et là, le loup-garou que je suis pourra festoyer à sa guise HA ! HA ! HA !

— Vous êtes ignoble, s'emporte Jean-Christophe.

— Non ! dis-tu à ton ami Jean-Christophe, TU ES IGNOBLE...

— Qu'est-ce que tu dis ? répète surpris Jean-Christophe. C'est moi qui suis ignoble... POURQUOI ?

— Non pas toi idiot, LUI ! articules-tu. On ne vouvoie pas un pareil monstre, on le tutoie...

HA ! HA ! HA ! rit encore Loup Ragoût. Pour cette impolitesse, tu goûteras en premier.»

Il te tire par le bras vers la desserte. Tu as vite la nausée lorsque ton regard s'arrête encore une fois sur le contenu de la marmite.

Va au chapitre 46.

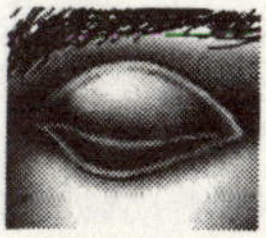

55

Vous gravissez la colline à quatre pattes. À mi-chemin, tu poses le pied sur un objet rond qui se met à dégringoler la pente en faisant un bruit bizarre.

CLOC! CLOC! CLOC! CLOC!

Marjorie, qui te suivait de près, s'accroche à une espèce de long bâton blanc et s'écarte de la course de l'objet. Curieuse, elle allume sa lampe de poche pour voir sur quoi elle avait mis les mains et découvre que le bâton est en fait... UN FÉMUR !

Elle laisse tout de suite tomber le gros os et pousse un cri qui te surprend...

«AAAAAAAH !»

Jean-Christophe et toi, vous allumez tout de suite vos lampes pour découvrir ensemble que vous êtes sur le flanc d'une colline... D'OSSEMENTS HUMAINS !

Tu regardes avec dégoût ces milliers de crânes, de tibias et de péronés empilés par milliers. Tu voudrais bien rebrousser chemin, mais cette ouverture dans le plafond de la grotte se trouve encore plus près de vous que le sol.

Escaladez ce qui reste de cette colline lugubre et allez au chapitre 65.

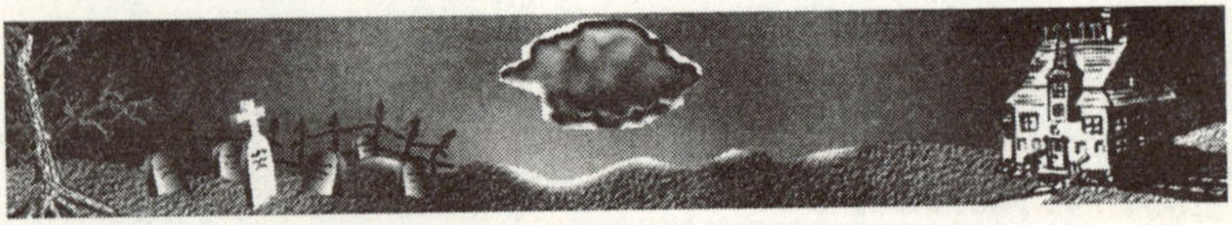

56

Les yeux rivés sur la lame de la hache, tu enjambes le premier faisceau de lumière. Marjorie et Jean-Christophe s'exécutent eux aussi de la même façon. Ensuite, vous passez la seconde statue en rampant comme des lézards sur le sol. Vous glissez facilement sous le troisième faisceau en dansant le limbo.

Trois contorsions plus loin, vous arrivez enfin à une lourde porte cloutée qui vous permettra de sortir de ce dangereux corridor. Vous devez conjuguer vos efforts pour l'ouvrir.

Au milieu d'une grande salle circulaire, un cadavre squelettique se balance au bout d'une longue corde. À peine quelques pas de faits, vous sursautez ; la porte se referme d'elle-même violemment. Au-dessus de vos têtes, le pendu commence à s'animer.

Vous battez en retraite rapidement, chacun derrière une colonne.

Le cadavre se défait du nœud à son cou, saute sur le sol et avance vers toi. L'estomac soulevé par un dégoût innommable, tu recules jusqu'à la porte. Ses dents vertes et pourries s'ouvrent et il te crache sur la main une multitude de vers et d'asticots qui entreprennent tout de suite leur sale besogne...

FIN

57

Les centaures s'arrêtent à quelques mètres de vous et se mettent à brouter. Et toi qui craignais qu'ils s'en prennent à vous ! Ils ne sont venus ici en fait que pour se repaître de cette belle et dense végétation.

Ta curiosité te tiraille et te somme de lever la tête pour observer ces bêtes étranges. Mais tu te retiens et tu t'éloignes au plus vite en rampant sur le sol comme un serpent par peur de découvrir que ces herbivores peuvent aussi être à la fois... CARNIVORES !

Vous rampez ainsi jusqu'à une petite construction. Des gloussements parviennent de tous les côtés. Tu lèves la tête et tu remarques que vous avez reculé jusqu'à un poulailler et que vous êtes entourés de poules.

Un de ces gros oiseaux ouvre son bec et darde ses grosses canines vers ton cou...

Ce fameux jour où les poules auront des dents... EST FINALEMENT ARRIVÉ !

CROUCH! CROUCH!

FIN

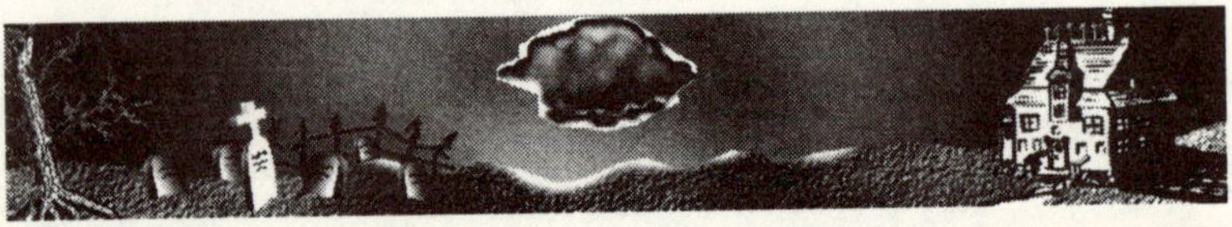

58

Marjorie porte la bague à son index...

«MAIS QU'EST-CE QUE TU FAIS ? se met à lui hurler son frère. Enlève cette bague tout de suite.

— Il n'y a pas de danger, le rassure-t-elle. Je veux juste l'essayer, elle est si belle. D'ailleurs, tu le sais comme moi, ces bagues prennent plusieurs minutes avant de faire effet. Avoue qu'elle me va à ravir...

— Oui, d'accord, elle est très jolie, lui accordes-tu, tenaillé par la peur. Fais ce que ton frère te demande, enlève-la.»

Vous voyant très nerveux, Marjorie s'exécute, mais se rend vite compte que la bague ne réussit pas à passer sa jointure qui a grossi... ELLE A DÉJÀ COMMENCÉ SA MUTATION !

«OH NON ! Elle va-va se transformer en en loup-garou !» bégayes-tu...

Peut-être que oui, peut-être que non. Pour le savoir...

... TOURNE LES PAGES DU DESTIN et vise bien !

Si la pleine lune est cachée par le petit nuage, bravo ! Rends-toi au chapitre 77.

Si par contre la pleine lune trône bien haut dans le ciel, va au chapitre 44.

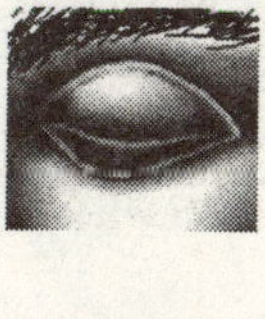

54

La porte est verrouillée, mais le trou de la serrure est immense et peut-être assez grand pour que vous puissiez y glisser la main.

Tu regardes les petits bras de Marjorie.

«PAS QUESTION ! proteste-t-elle. Je vois où tu veux en venir. Il n'est pas question que je mette ma main là-dedans, il pourrait y avoir un truc visqueux...

— Encore une fois, je ne dois compter que sur moi-même, soupires-tu, accroupi devant la serrure.

— C'est ton idée après tout», marmonne-t-elle en cachant ses bras derrière son dos.

Tu retiens ta respiration et tu insères lentement ton bras jusqu'à ton coude. Tout de suite, quelque chose t'empoigne et te tire avec fureur. Le bras dans le trou de la serrure jusqu'à l'épaule, le côté du visage aplati sur la porte, tu as peine à respirer. Tu as beau essayer, mais tu ne peux pas te dégager.

«Dépêche-toi ! s'impatiente Jean-Christophe, qui n'a pas du tout conscience de ce qui se passe. On ne va pas y passer la nuit...

— Quelque chose m'a attrapé le bras, réussis-tu quand même à lui dire, ET ÇA ME LÈCHE LES DOIGTS !»

Allez vite au chapitre 34.

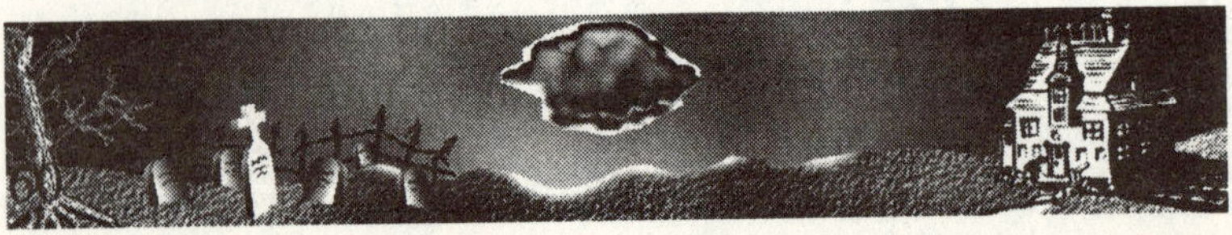

50

Vous descendez un tunnel qui vous amène dans une caverne immense parsemée de cratères grondants et fumants.

«Nous sommes rendus... AU CENTRE DE LA TERRE ! s'exclame Marjorie, terrorisée.

— Calme-toi, petite idiote ! lui lance son frère. Il faudrait marcher et descendre plus longtemps que ça pour atteindre le centre de la terre.»

Vous contournez un gros cratère. La lave qui y coule est traversée par des des sillons, comme si quelqu'un nageait sous la surface. Vous vous dites que ça ne peut pas être vrai et que ce n'est qu'une illusion, mais lorsqu'une tête en feu émerge et qu'un monstre enflammé jaillit...

Vous faites un grand écart et vous vous élancez vers l'autre extrémité de la caverne. Une large coulée de lave vous barre la route. Le monstre disparaît sous la lave et réapparaît dans le cratère, tout près de vous. Va-t-il réussir à vous attraper ? Pour le savoir...

TOURNE LES PAGES DU DESTIN.

S'il réussit à vous attraper, allez au chapitre 20.
Si vous réussissez par miracle à lui échapper, rendez-vous au chapitre 50.

61

Au fur et à mesure que tu avances, tu jettes un œil prudent dans la profondeur du sous-sol. Ça sent le renfermé, et une partie de l'endroit est éclairée par les flammes d'une grosse fournaise qui réussissent à traverser une petite fenêtre au milieu de la porte. Pour progresser, vous devez déchirer d'épaisses toiles d'araignées en donnant des coups de poing devant vous, comme des karatékas .

«Il n'y a rien d'intéressant ici, soupire Jean-Christophe. Retournons au rez-de-chaussée...»

Mais alors qu'il pose son pied sur la première marche, ce que vous craigniez tantôt tous les trois se produit...

L'escalier s'effondre en ruine... Impossible de retourner par où vous êtes arrivés, car le trou béant laissé dans le plafond par l'escalier est rendu inaccessible.

Finalement, vous constatez que votre seule chance de sortir de ce trou est de passer par les conduits de ventilation de la fournaise.

Après avoir éteint les flammes avec des poignées de terre, vous empruntez la grande cheminée qui vous ramène au chapitre 4. À votre point de départ, mais au moins, maintenant, tu sais que... TU ÉTAIS SUR LA BONNE VOIE !

52

Inexorablement, il se mue sous vos yeux.

Son nez prend des proportions démesurées. Sa peau se met à vibrer comme si le sang bouillait dans ses veines. Une épaisse toison de fourrure brune pousse sur tout son corps qui sursaute à chacun des changements. Ses ongles sales font place à des griffes affûtées et meurtrières. Complètement transformé, il se met à hurler OOUUUUUU !

Le boucher rit à gorge déployée et commence à se transformer lui aussi.

Vous vous entassez dans un coin alors qu'il s'approche.

Il se jette sur toi dans un terrible rugissement.

RRRRRRRRRRRR !

Tu attrapes un bout de planche et tu la places entre ses mâchoires proéminentes. Ses incisives broient le bois comme s'il ne s'agissait que d'une vulgaire baguette de pain. Il te soulève ensuite comme si tu n'étais qu'une poupée de chiffon. Tu fermes les yeux et tu t'attends au pire. À ta grande stupeur, Loup Ragoût ne t'inflige qu'une toute petite égratignure avec la griffe de son index avant de t'enfermer dans un cachot dans les profondeurs sombres du sous-sol.

Au chapitre 87.

 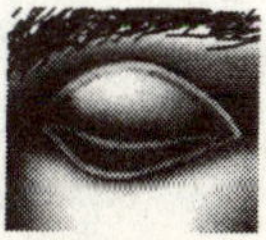 

63

Vous marchez maintenant près de la lisière de la forêt. Les arbres morts aux formes inquiétantes se tendre. Comme des bras, leurs branches semblent prêtes à vous étreindre...

«Ce sont des monstrarbres, reconnaît Jean-Christophe. Dans l'Encyclopédie noire de l'épouvante, il est clairement écrit rouge sur noir qu'il ne faut pas se fier aux apparences et que ces arbres, qui semblent morts, sont en fait endormis...»

Tu évalues la situation avec effroi et constates que malheureusement, à cause des loups, vous ne pouvez pas rebrousser chemin. Tu poses le pied doucement devant toi, mais CRAC! une toute petite branche se brise sous des feuilles mortes.

Un des arbres ouvre ses deux paupières d'écorce. Vous vous jetez derrière une grosse roche couverte de lichen. Va-t-il vous apercevoir ? Pour le savoir...

...TOURNE LES PAGES DU DESTIN.

S'il vous voit, allez au chapitre 15.
Par contre, s'il ne vous a pas vus du tout, rendez-vous au chapitre 12.

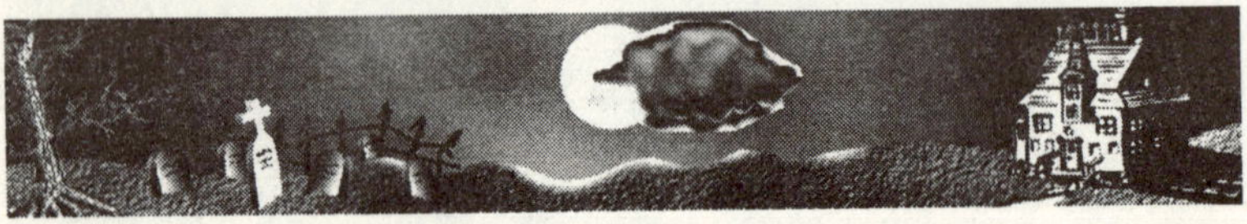

64

Examine bien ces trois roues dentées. Une seule peut s'insérer parfaitement dans l'engrenage. Si tu réussis à trouver laquelle, le train ne pourra jamais partir, et tu éviteras ainsi un massacre...

Rends-toi au chapitre gravé sur la roue que tu auras choisie...

 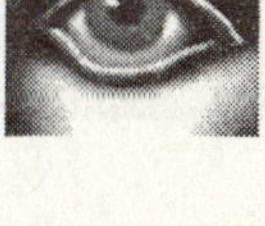 

65

Vous vous hissez dans l'ouverture jusqu'à une grande pièce qui ne semble pas avoir de plafond. Jean-Christophe pointe sa lampe et devine une multitude de pieux pointus.

«OH OH ! dit-il en cherchant tout autour de lui. Soyons prudents ! Cette salle est piégée, il y a des pics au plafond...»

Lorsque Marjorie recule pour mieux voir, elle pose le pied sur une dalle qui déclenche le mécanisme infernal des pieux...

VITE ! Rendez-vous au numéro du chapitre que vous aurez choisi sur l'illustration.

66

Tu t'appuies sur le bord du puits. Jean-Christophe laisse tomber une pierre pour sonder sa profondeur. Vous gardez le silence... Une minute passe sans que rien se produise.

«Il est profond, dit Jean-Christophe.

— TRÈS PROFOND !» rajoute Marjorie.

Tu tournes la grosse manivelle, et le seau rouillé descend dans les abîmes sombres du puits. Les deux mains serrées sur la longue corde, une lampe allumée dans la bouche, tu entreprends la descente en premier. Dix mètres sous terre, vous laissez la corde pour emprunter un tunnel, rongé par l'érosion, qui tombe dangereusement en pente. Vous vous mettez à glisser comme si vous étiez sur des patins. Le tunnel semble sans fin. Soudain, dressée devant vous, une silhouette immobile attend bras ouverts, prête à vous cueillir. C'est un monstre visqueux des profondeurs. Comme une larve, il a la peau terriblement blanche et n'a pas d'yeux. Va-t-il réussir à vous attraper ? Pour le savoir...

...TOURNE LES PAGES DU DESTIN !

S'il réussit à vous attraper, allez au chapitre 6.

Si par chance vous réussissez à vous enfuir tous les trois, allez au chapitre 2.

67

Jean-Christophe réussit à contourner la porte et à te dégager.

Le loup-garou tend un de ses bras velus et plante ses griffes dans les jeans de Marjorie.

Travaillant comme des forçats, vous réussissez à la tirer vers vous et à la libérer. Le loup-garou frappe le sol. Il a beau marteler le plancher de coups de poing, il est incapable de se dégager.

«On s'est beaucoup amusés, Monsieur le monstre dégoûtant, chante Marjorie au loup-garou, en prenant ses airs de grande comédienne, mais nous devons vous quitter car, voyez-vous, nous ne sommes pas ici pour prendre du bon temps. Merci tout de même pour votre hospitalitéééééééé... rajoute-t-elle, alors que son frère la tire vers lui.

— Tu es en train de perdre la boule ! la gronde-t-il. Allez viens ! Prochain arrêt : le sous-sol...»

La maison elle-même semble aussi dangereuse que le loup-garou, car les murs de bois sont vermoulus et pourris. L'escalier qui mène en bas menace de s'effondrer à tout moment. Ce n'est pas dit que vous allez pouvoir le remonter plus tard.

Vous descendez avec appréhension les marches jusqu'au chapitre 61.

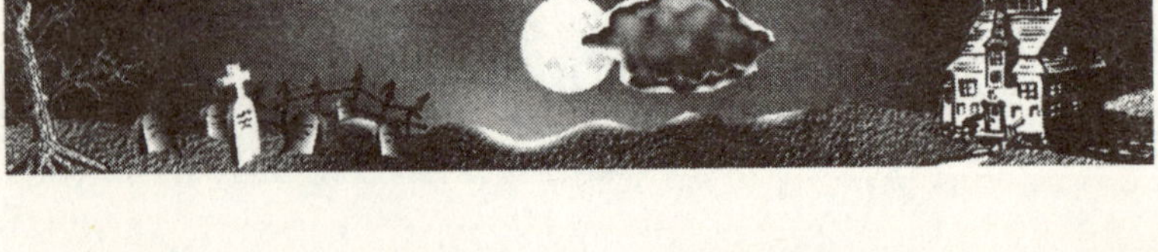

68

TU T'ES TROMPÉ ! C'était le crâne de l'animal.

Il fait claquer ses mâchoires CLAC ! CLAC ! et réussit à te mordre le chandail. Les yeux de l'animal roulent dans ses orbites et te fixent d'une façon qui te fait hérisser les cheveux sur la tête. Tu voudrais bien l'enlever, mais tu n'oses pas toucher à cette tête décharnée et sanguinolente.

«AU DIABLE LES INSECTES !» crie Marjorie en enfilant deux moufles de cuisinier.

Elle se met à tirer de toutes ses forces et réussit à t'enlever cette répugnante tête d'animal ressuscitée et à l'enfermer dans un tiroir.

Tu places tout de suite une chaise devant pour l'emprisonner.

OUF !

Marjorie enlève vite les moufles et lance cette clé qui vous a attiré tant d'ennuis dans un évier rempli de carottes qui... ONT DES DENTS !

«C'EST UN CAUCHEMAR ! s'exclame Marjorie. Que quelqu'un me pince, car je suis en train de-de... DORMIR !»

Pince le bras de Marjorie et rends-toi ensuite au chapitre 92.

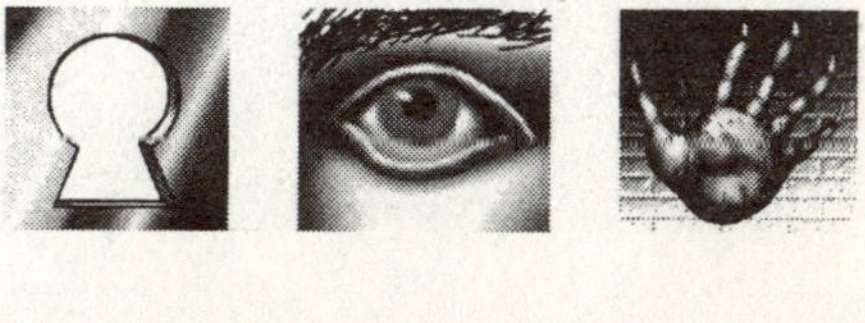

69

Une liane pend d'un immense trou au plafond et vous offre votre seule chance de sortie. Elle est trop haute. Pour l'atteindre, vous allez devoir utiliser la méthode risquée de la... PYRAMIDE !

Risquée, car cela demande une grande concentration, et une simple maladresse peut vous faire chuter et vous occasionner de grosses blessures. Jean-Christophe s'appuie dos au mur le plus près et te fait la courte échelle pour que tu puisses poser tes deux pieds sur ses épaules. Le dos toi aussi bien collé au mur de pierre, tu attends Marjorie. Elle réussit à se hisser sur tes épaules. Jean-Christophe se met à marcher lourdement vers le milieu de la pièce où pend le bout de liane...

Allez-vous réussir à l'atteindre avant de tomber ? Pour le savoir, souviens-toi du numéro de ce chapitre, ferme ton Passepeur et pose-le debout dans ta main.

Si tu réussis à faire trois pas devant toi en tenant le livre en équilibre sans qu'il tombe, eh bien bravo, vous avez réussi à l'atteindre. Allez au chapitre 18.

Si par contre, le livre tombe avant que tu aies fait trois pas, vous chutez tous les trois au chapitre 7.

70

Huit centaures au regard injecté de sang vous entourent. Vous vous relevez. Le plus vieux d'entre eux avance vers vous. Jean-Christophe inspire un bon coup, se gonfle le torse et se place entre vous et l'homme cheval. Les autres centaures grondent et rugissent.

GROOO ! GRRR !

Puis, ils se mettent à marteler le sol avec leurs sabots.

Tu fais tout bas une prière, car tu sais que maintenant... C'EST FINI !

«Nous avons un marché à vous proposer, dit à ta grande stupeur le vieux centaure, qui semble être le chef de la horde.

— NON ! laissez-nous, les supplie Marjorie, qui ne semble pas avoir compris. Nous ne faisons que passer, je vous en prie...

— Par la crinière de mon père, s'étonne le centaure de sa voie rauque. Je ne vous veux aucun mal. Nous voudrions seulement que vous nous libériez de notre enclos. Ce sinistre Loup Ragoût nous tient captif. Et si nous ne trouvons pas le moyen de nous enfuir, nous finirons dans son frigo. Si vous réussissez à nous rendre notre liberté, nous vous aiderons en retour .»

Allez au chapitre 79.

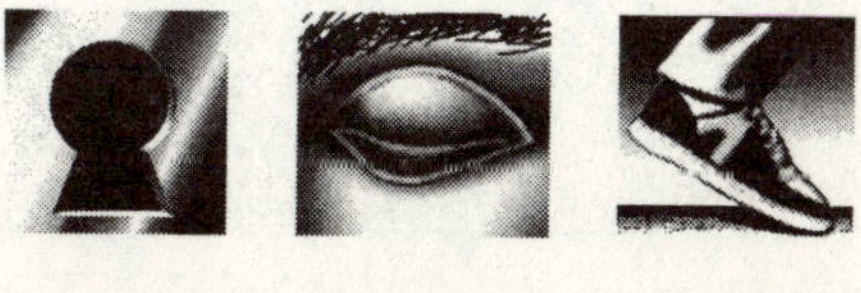

71

Tu pousses un soupir de satisfaction lorsque tu constates que tes amis n'ont pas le savoir-faire d'un grand brigand et qu'ils n'ont pas réussi à l'ouvrir.

Jean-Christophe poursuit sa fouille ailleurs en quête du moindre indice. Comme d'habitude, Marjorie ne touche à rien. Elle a l'estomac fragile et dit craindre d'attraper des bobos.

Tu as beau lui répéter qu'on dit non pas bobo, mais plutôt infection ou maladie, à chaque fois elle te dit de te mêler de tes oignons et elle menace de te faire un bobo sur un œil si tu ne la laisses pas tranquille...

Il ne reste que le grenier à visiter. Vous montez les marches deux par deux et découvrez qu'il est désert lui aussi. Sur le mur sont fixés des boulets et des chaînes. Ils étaient probablement fixés aux pieds de personnes que Loup Ragoût capturait. Ça, c'est un signe incontestable qu'il est responsable de toutes ces disparitions.

«Il n'y a rien d'autre à découvrir dans la cantine, dis-tu à tes amis. Nous savons maintenant à qui nous avons affaire.»

Vous retournez tous les trois dehors jusqu'au chapitre 4 afin de choisir une autre voie...

72

La porte s'ouvre et vous tombez nez à nez avec un loup-garou aussi surpris que vous...

Tes amis aimeraient bien s'enfuir, mais il n'est pas question de laisser entre les mains de ce monstre un membre de la bande.

Marjorie lui sourit timidement. Les mâchoires proéminentes du loup-garou s'écartent et il lui renvoie un terrifiant sourire.

De longs filets de salive s'écoulent de sa bouche alors qu'il s'approche d'elle avec un éclat cruel dans les yeux.

Tu lèves la jambe, et le loup-garou trébuche.

BOUM!

Son horrible visage poilu rencontre le plancher dans une chute mémorable. Lui qui avait la gueule grande ouverte a maintenant un de ses crocs coincé entre deux planches.

Rageur, le loup-garou hurle...

OOUUUUUUUUUUU !

Allez au chapitre 67.

73

Vous êtes sur vos gardes et vous marchez vers la grande porte à l'écoute du moindre bruit. Devant vous surgit un rat gris. Il court si vite qu'il vous passe entre les jambes sans que vous ayez le temps de l'éviter. Une seconde plus tard surgit la raison pour laquelle ce rat fuyait ; un gros chat. Le corps décomposé, il est dans un piteux état. Vous pouvez voir les os de ses jambes.

Vous trouvant sans doute plus appétissant que le rat, il plante solidement ses crocs dans le tapis et freine sa course...

Allez au chapitre 52.

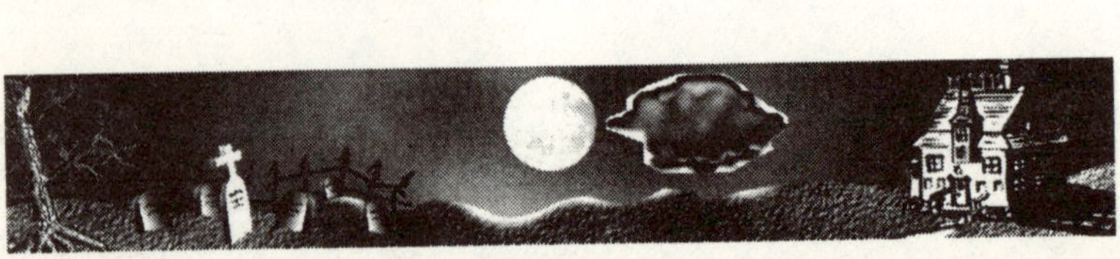

74

Un peu plus loin, vous passez près de piétiner le cadavre à demi dévoré d'un gros animal. Par contre, impossible de savoir de quel animal il s'agit, car le crâne a disparu.

«Il s'agit peut-être d'un homme ? dis-tu à Jean-Christophe.

— J'en doute, te répond-t-il. Cette carcasse a encore de la fourrure.

— Et la montre que cette bête morte porte à son poignet, lui montres-tu en pointant le bracelet brillant. Tu peux expliquer ça ?

— EUH !» fait Jean-Christophe en cherchant une explication logique.

De son sac à dos, Marjorie prend la lampe. En promenant le faisceau lumineux un peu partout, elle réussit vite à trouver le crâne.

«REGARDEZ ! crie-t-elle, dégoûtée. Je l'ai...»

Vous ne pouvez pas en croire vos yeux, c'est comme si l'homme était mort alors qu'il allait muer. D'un côté, le crâne est parfaitement normal, et de l'autre... IL A LA FORME D'UN LOUP !

«SAPRISTI ! t'écries-tu, étonné et apeuré. C'ÉTAIT UN LOUP-GAROU !»

Allez au chapitre 33.

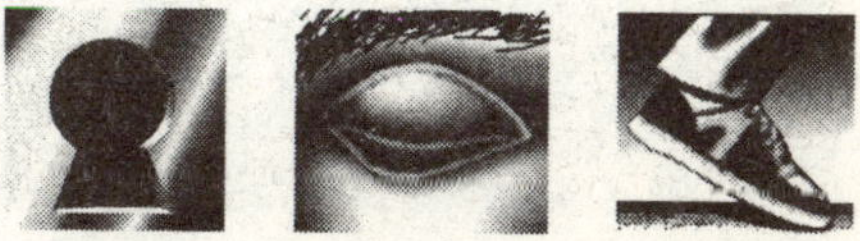

75

Tandis que tu t'apitoies sur ton sort, Marjorie et Jean-Christophe surgissent de nulle part.

Tu bondis comme un ressort sur tes pieds et tu leur envoies de grands signes avec tes bras. Jean-Christophe attrape un des petits et le menace avec sa lampe de poche...

«TU BOUGES ET JE L'ALLUME ! hurle-t-il au monstre. T'AS COMPRIS, ESPÈCE DE GROS VER PUANT ?»

La mère, consciente que la lumière vive peut tuer d'un seul coup son petit, laisse tomber les racines et rampe à reculons.

Tu contournes les larves sur la pointe des pieds pour rejoindre tes amis. Le monstre en colère avale sa salive à grosses gorgées.

Marjorie te prend la main pour te tirer vers le passage qu'ils ont emprunté. Jean-Christophe, qui tenait toujours la larve en otage, la dépose sur le sol doucement...

Vous quittez le repaire du monstre, mais pas avant que Marjorie ait exécuté devant le monstre une courbette moqueuse...

Le monstre laisse échapper un cri abominable lorsque vous partez vainqueurs vers le chapitre 85.

76

Vous saisissez une des lourdes roues.

«Je compte jusqu'à trois et nous la soulevons ensemble, indiques-tu à tes amis. Un, deux... TROIS !»

Les doigts entre les dents en acier, vous réussissez à la soulever et à l'amener près de la porte.

«OUAILLE ! Les dents de la roue me font mal, se plaint Marjorie. Le métal me coupe la peau. AILLE ! AILLE !

— Cesse de pleurnicher, lui dis-tu, je sais que les dents font mal. Nous aussi nous avons mal et nous ne nous plaignons pas...»

Vous déposez doucement la roue sur le seuil de l'entrée avant de sauter hors de la cabine pour soulever de nouveau la roue et vous diriger à petits pas vers la forêt sombre.

«OUAILLE ! LES DENTS ME FONT MAL ! répète encore une fois Marjorie.

— Arrête de nous casser les oreilles avec ça, lui ordonne son frère, exaspéré. Je le sais que les dents de la roue te font mal...

— Ce ne sont pas les dents de la roue qui me font mal cette fois ci, le corrige-t-elle, ce sont les dents qu'un LOUP-GAROU vient de planter dans ma jambe...»

FIN

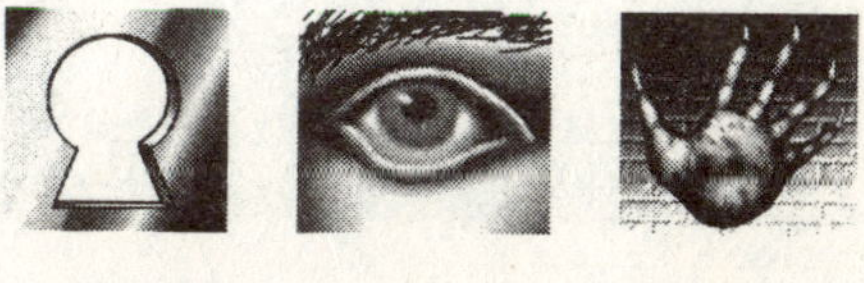

77

Un gros nuage cache la pleine lune. Sachant que les secondes comptent, vous vous ruez sur Marjorie pour lui enlever la bague, car vous savez que le nuage ne restera pas indéfiniment devant la lune.

La bague est vraiment coincée. Vous tournez sa main de tous bords tous côtés.

«Eh ! allez-y doucement, se plaint-elle, vous me faites mal.»

Ne tenant pas compte du tout de ses lamentations, tu craches sur ses doigts.

«BEURK !» fait-elle.

Vos doigts s'agitent et s'entremêlent autour de la bague. Vous réussissez tout de même à la lui enlever.

OUF !

De grosses gouttes de sueur perlent sur ton visage. Soulagé, tu passes le revers de ta main sur ton front et tu t'aperçois que... LA FOUTUE BAGUE EST DÉSORMAIS SUR TON INDEX !

Tu réussis facilement à l'enlever et à quitter cet endroit de malheur pour retourner au chapitre 4 et prendre une autre voie...

78

Il est peut-être déjà trop tard, car tu n'as même plus la force de bouger. Jean-Christophe saisit alors un des flacons au hasard, l'ouvre et t'en fait boire une bonne rasade.

Des filets de liquide s'écoulent sur tes joues.

Tu sens soudain tes doigts et tes orteils s'allonger.

«ÇA N'A PAS FONCTIONNÉ ! te mets-tu à hurler, AIDEZ-MOI...»

Ta peau devient vite brune et rainurée comme l'écorce d'un arbre. Tes orteils se changent soudain en racines et transpercent tes espadrilles. Tes cheveux se sont changés en une touffe de feuillage vert.

Tu es soudain pris d'une soif épouvantable. Tes racines cherchent à s'enfoncer dans le sol, mais avec ce plancher de béton, elles en sont incapables. Marjorie et Jean-Christophe, voyant que tu ratatines à vue d'œil, réussissent à te tirer à l'extérieur pour que tes racines puissent s'enfoncer dans la terre et boire.

«Mes arrrmis, soupires-tu en râlant avant que tu ne sois plus capable de parler, prenez bien soin de moirrr et veuillez àrrr ce que je ne manque jarrrmais d'eaaaaauuu...»

FIN

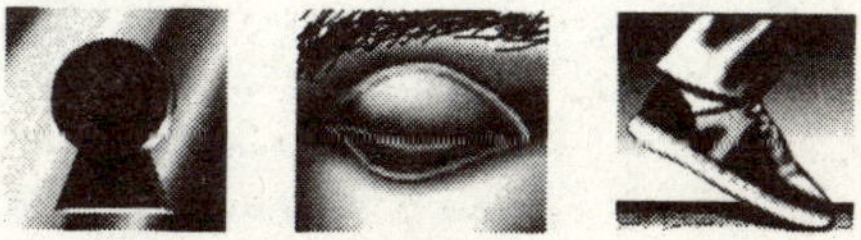

79

Vous traversez tous les trois les pâturages à dos de centaure jusqu'à la grande porte de l'enclos de treillages barbelés. Là, vous mettez les pieds à terre et vous escaladez la haute clôture jusqu'à l'extérieur. À grands coups de pelle **BANG! BANG!** vous démolissez le cadenas et vous parvenez à libérer les centaures prisonniers.

Le chef de la horde s'approche...

«Votre part du marché est remplie, hennit-il, je vais maintenant remplir la mienne. Si vous êtes venus ici pour détruire Loup Ragoût, laissez-moi vous dire que vous n'êtes pas du tout sur la bonne voie. Tout droit par là-bas, ajoute-t-il en pointant son sabot, entre deux grands sapins épineux, vous trouverez gravé sur une grosse roche le pentagone du loup. Ce très vieux symbole entaillé dans le granit par un sorcier servait aux Indiens qui y posaient les pieds les nuits de pleine lune pour se transformer en loups-garous. Ils pouvaient alors migrer et traverser les plaines sans craindre le danger, finit-il, en se mettant à galoper avec les autres vers les vastes étendues d'une sombre vallée. Car ils étaient LE danger...»

Direction les deux sapins, au chapitre 27.

80

Une seule voie peut vous y conduire. Rendez-vous au chapitre que tu crois qui vous y amènera...

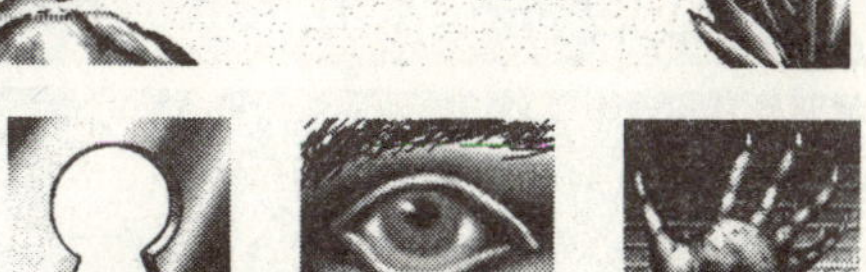

81

En montant, Jean-Christophe pose le faisceau de sa lampe sur une des marches à moitié pourrie et remarque des traces de pas... ROUGES !

«Il n'y a pas de doute, vous annonce-t-il en pointant sa lampe vers les hauteurs. Nous sommes sur la bonne voie.»

Vous escaladez vivement le reste de l'escalier jusqu'au dernier palier. Tu te penches pour évaluer la hauteur entre vous et le sol, au cas où vous auriez besoin de fuir rapidement.

«Impossible ! constate aussi Marjorie. C'est trop haut, on pourrait se péter la gueule.»

Une mezzanine traversée de toiles d'araignées contourne le grand hall d'entrée jusqu'à une grande porte bordée de deux immenses statues grotesques.

Jean-Christophe récite une petite prière pour que les piles de la lampe tiennent le coup, car sans elle, ce serait l'obscurité absolue.

Marjorie reçoit en plein visage les toiles d'araignées que tu pousses du revers de la main.

«Aïe ! Ola ! se plaint-elle en grimaçant. Fais attention ! Ce n'est pas croyable, on se croirait au festival de la tarentule de Saint-Arachnides.»

Avec précaution, tourne les pages de ton Passepeur jusqu'au chapitre 73.

82

Loup Ragoût pousse la porte qui grince CRIIIII! et se dirige vers la billetterie en traînant ses pieds dans la poussière.

«Je veux tous vos billets en première classe pour le train de minuit qui part vers Sombreville, dit-il de sa voie caverneuse devant le guichet inoccupé, car cette nuit est une grande nuit, nous sommes prêts à envahir la ville et à régner en maîtres absolus HA ! HA ! HA ! Nous, les loouuups-garoouuus...»

Tu voudrais que quelqu'un te pince pour te réveiller, mais c'est plutôt l'avertisseur du train qui résonne dans la nuit OOOUUUU ! et qui te pince les tympans. Non, tu ne rêves pas, ce cauchemar est bien réel. Le train rouillé, qui semblait avoir fait son dernier voyage il y a de cela bien longtemps, est sur le point d'en entreprendre un ultime et cruel vers Sombreville...

Dans la cabine de la billetterie, un vieil homme en uniforme des chemins de fer se matérialise... C'EST UN FANTÔME !

Allez au chapitre 31.

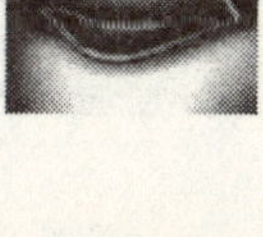

83

Vous traversez un à la fois une longue passerelle d'une solidité incertaine jusqu'à un haut promontoire où a été érigé un temple. À en juger par l'état délabré de l'endroit, il n'est pas construit d'hier. Oui, et une partie du toit s'est écroulée il y a longtemps dans ce temple plusieurs fois centenaire.

Des lianes, ces plantes qui ressemblent à des cordes, ont attaché leurs vrilles aux quelques colonnes encore debout. Trois chauves-souris s'envolent dans votre direction. Avec Marjorie, tu te penches pour les éviter. Jean-Christophe, pas nerveux pour cinq sous, reste debout. Les chauves-souris le survolent un peu et disparaissent entre deux colonnes dans un vol désordonné.

«Je sais reconnaître des noctules quand j'en vois, vous dit-il en prenant un air savant. Ces chauves-souris ne mangent que des insectes et des fruits et nullement du sang frais.»

Vous inspectez les alentours pour en arriver à la sombre conclusion que la seule façon de poursuivre votre chemin est de traverser le temple. Vous contournez les débris pour finalement arriver au fond du temple dans une grande pièce sans sortie...

Allez au chapitre 69.

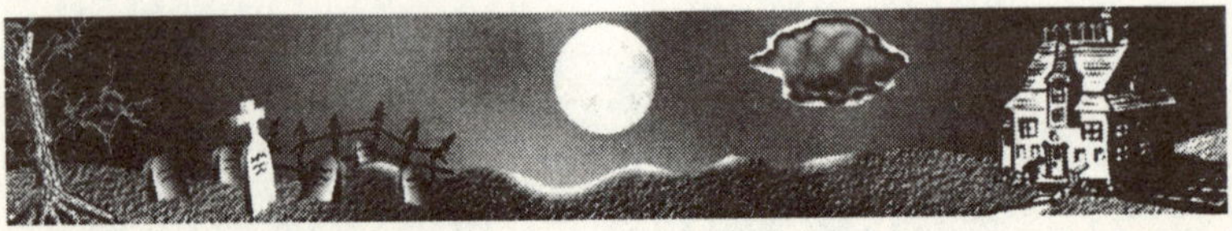

84

Le nuage qui arrive et qui cache la pleine lune tourmente le boucher qui ne s'est mué qu'à moitié. Il essaie de hurler, mais il en est incapable. Vous reculez. Il saute sur la première roche. Jean-Christophe attrape une branche qui flottait et le menace en la brandissant comme une lance sous son nez.

«RRRR !. Inutile de résister, grogne-t-il. Vous êtes à moi...»

Vous reculez jusqu'à la dernière pierre. Le boucher avance sur une autre roche. Perchés tous les trois au milieu de cette rivière bouillonnante, vous espérez un miracle. Tout en haut du fort courant, un gros tronc d'arbre dégringole rapidement les flots. Voilà votre chance...

Parfaitement synchronisés, vous sautez à l'eau pour l'attraper. Le courant vous emporte. Plus loin, la rivière se calme. Vous réussissez à regagner la rive et à vous rendre jusqu'à une route de campagne.

Vous marchez de longues minutes dans la nuit avant qu'apparaissent les phares du premier véhicule. Vous pointez tous les trois votre pouce dans la direction de Sombreville. Le véhicule ralentit ! Vous vous tapez tous les trois dans les mains jusqu'à ce que s'arrête devant vous... LA CANTINE MORBIDE !

FIN

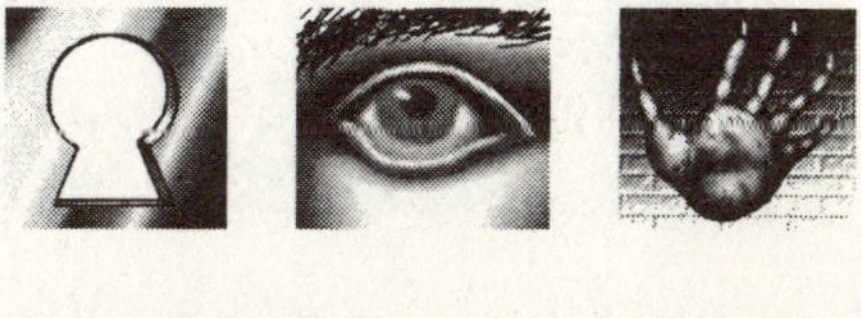

85

Au bout de longues minutes d'ascension d'une échelle de corde, vous réussissez à apercevoir enfin les premier rayons de la lune. Mais là, plus vous montez, plus le tunnel rétrécit. Si bien que quelques centimètres plus haut, tes épaules se frottent douloureusement aux parois et tu finis par rester coincé. Tu respires par petits coups, car tes poumons ne peuvent se gonfler à pleine capacité. Le souffle coupé, tu grattes nerveusement la terre pour élargir le tunnel. Marjorie et Jean-Christophe reçoivent tout sur leur tête et se plaignent.

«AIE, ATTENTION LÀ-HAUT !»

Tu réussis à élargir le passage jusqu'à la surface en un temps record. Comme une taupe, tu sors la tête pour t'assurer que la voie est libre... ELLE L'EST !

Tu tasses une grosse motte de tourbe et vous réussissez à mettre enfin les pieds sur la surface. Devant vous s'étend une vaste terre battue par l'érosion et les secousses sismiques. Pour retourner vers le domaine de Loup Ragoût, vous devez la traverser...

Allez au chapitre 80...

85

Effrayés, vous cessez de pagayer et vous cherchez autour de vous cet animal au cri si retentissant.

«Sur les autres nénuphars et sur la rive, il n'y a rien, observe Marjorie.

— Peu importe ce que c'est, ça se cache sous l'eau», en déduis-tu, le visage crispé de frayeur.

La rive est toute proche, et tu n'oses pas ramer de peur de te faire mordre la main. Vous flottez comme ça au gré d'une petite brise qui vous rapproche quand même de la rive. Quelques longues minutes passent, et un autre coassement encore plus terrible survient...

GROAAAAAAAAA !

Tu tournes la tête et tu cherches sa provenance.

Derrière toi, deux yeux aussi gros que des ballons de basket-ball percent la surface tranquille du marais et te dévisagent... CE SONT LES YEUX D'UNE GRENOUILLE GÉANTE !

Elle ferme ses paupières transparentes et disparaît sous l'eau...

Cesse de trembler comme une feuille et rends-toi au chapitre 43.

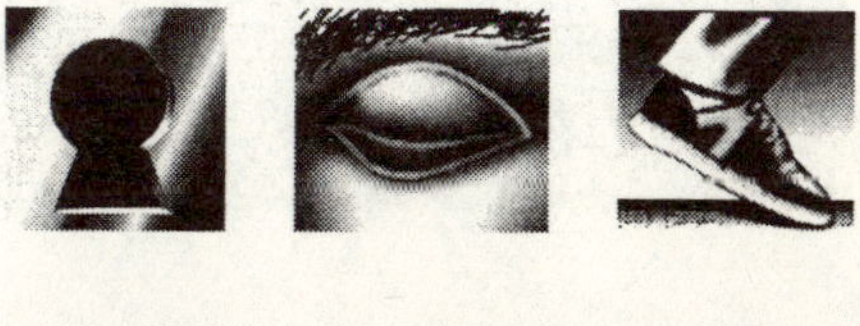

87

Assis sur la couchette de la cellule, tu cherches à savoir pourquoi il ne t'a fait qu'une égratignure. Tu te sens faible. Tu réussis tout de même à t'approcher des barreaux rouillés de la porte afin de savoir si tes amis sont aussi enfermés dans une cellule voisine.

«MARJORIE ! JEAN-CHRISTOPHE ! hurles-tu, sans obtenir de réponse. Vous êtes là ? AU SECOURS QUELQU'UN !»

Mais il n'y a personne...

Tes narines se dilatent et tu te mets à frissonner à la vue de cette pleine lune qui éclaire ta cellule.

«Cette blessure ! réalises-tu tout à coup en regardant ton bras. JE VAIS ME TRANSFORMER EN LOUP-GAROU !

Oui, en loup-garou...

— Mais pourquoi ? te répètes-tu en voyant des poils pousser sur tes mains, POURQUOI ?»

La réponse viendra le lendemain lorsque Loup Ragoût t'enchaînera derrière un immense évier rempli de chaudrons crottés et de vaisselle sale. Tu comprendras alors qu'il avait besoin de quelqu'un pour... FAIRE LA VAISSELLE !

FIN

88

Les escaliers vous conduisent à l'entrée d'un macabre corridor où gît un squelette. C'est sans doute l'œuvre d'un monstre terrible. Tu avances à pas de tortue...

Sur le mur de gauche, des trous projettent de la lumière comme des petits phares sur de menaçantes statues masquées adossées au mur de droite. Elles semblent attendre l'instant propice pour frapper de leur hache tous ceux qui oseraient s'aventurer dans le corridor.

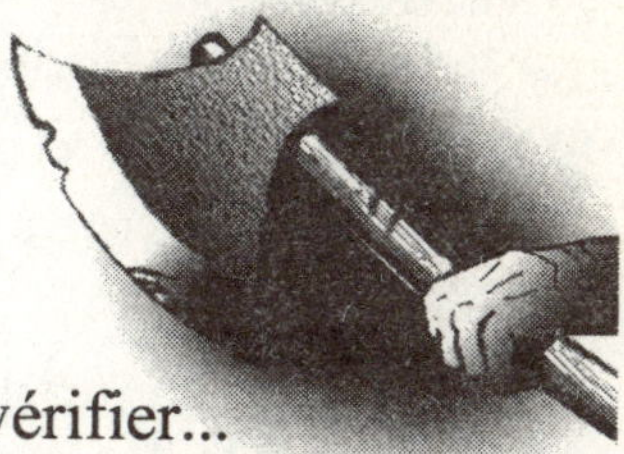

Il n'y a qu'une façon de le vérifier...

Tu saisis un caillou et tu le lances de façon à ce qu'il traverse le rayon de lumière. La statue abaisse rapidement le bras et la lame de la hache fracasse la petite roche avant qu'elle touche le sol.

CHLAAAAC!

... Ensuite, la statue repositionne sa hache au-dessus de sa tête, **CLIC ! CLIC ! CLIC !** prête à frapper de nouveau.

Essayez de vous en sortir en allant au chapitre 56.

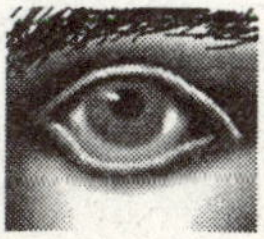

89

Vous saisissez la lourde roue.

«Je compte jusqu'à trois, et nous la soulevons ensemble en équipe, ordonnes-tu à tes amis. Un, deux... TROIS ! METTEZ TOUTE LA GOMME !»

Vous réussissez, après de multiples efforts, à la sortir de la cabine de la locomotive et à la cacher sous un tas de feuilles dans la forêt.

«Tu appelles ça du travail d'équipe ? s'emporte Marjorie, rouge comme une tomate d'avoir tant forcé. Tu as passé ton temps à te gratter le nez pendant que moi et mon frère, on se tapait tout le boulot.

— Le nez me pique, qu'est-ce que tu veux que je te dise, essaies-tu de lui faire comprendre.

— Ma grand-mère dit que lorsque le nez nous démange, cela veut dire que nous embrasserons plus tard un fou, te raconte-t-elle. Pour te punir, j'espère que ce sera plutôt un loup...»

Soudain, des bruits de pas surviennent...

Vous vous jetez derrière un bosquet lorsque vous apercevez deux silhouettes qui arrivent vers vous...

Allez au chapitre 13.

90

Les yeux de Loup Ragoût changent et tournent au rouge. Sa peau se couvre d'une épaisse toison, et des griffes affûtées comme des lames poussent au bout de chacun de ses longs doigts. Complètement transformé en loup-garou, il se met à avancer vers toi.

«LES BILLETS ! grogne-t-il, DONNE-MOI CES BILLETS !»

Tu jettes des regards affolés partout en quête d'une sortie, mais il n'y en a qu'une seule, et elle se trouve derrière lui.

Loup Ragoût bondit...

Tu glisses sous un banc de bois. Ses mâchoires garnies d'incisives se plantent dans l'accotoir. Tu réussis à ramper rapidement jusqu'au dehors, sur le quai de la gare. Tu te relèves et arrives face à face avec le reste de la meute... 59 LOUPS-GAROUS !

Ta vision décline et tu t'évanouis...

Plus tard, tu ouvres les yeux et tu secoues la tête pour t'apercevoir que tu es confortablement assis avec tes amis dans un des wagons du train qui roule en direction de Sombreville. Oui oui, tu va pouvoir faire ta part, toi aussi, toi... LE LOUP-GAROU !

FIN

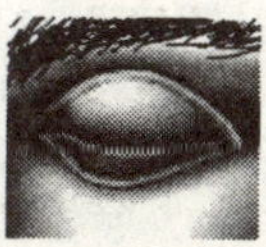

91

Jean-Christophe soulève lentement sa main grande ouverte devant vous et abaisse son pouce, 5, puis l'index 4, c'est le temps de prendre la fuite, 3, 2, 1... GO !

Vous courez tous les trois vers l'escalier. Tu tournes la tête et tu aperçois deux grands yeux rouges qui se rapprochent à toute vitesse. Nul doute qu'il s'agit d'un autre loup-garou.

Juste avant d'arriver à l'escalier, un mécanisme infernal se fait entendre CLING ! CRIC ! CRIC !Une trappe s'ouvre, et vous chutez.

Vous réussissez juste à temps à vous accrocher à une planche. Quelques mètres plus bas, le sol est blanc et semble bouger, comme s'il était vivant. Tu regardes plus attentivement et constates qu'il s'agit d'une fosse à asticots... IL Y EN A DES MILLIONS ! Si tu tombes, ils vont digérer ton corps en moins de cinq minutes...

Tu essaies de toutes tes forces de remonter à la hauteur du plancher, mais c'est impossible, tes doigts glissent un après l'autre...

5, 4, 3, 2, 1... FIN

92

Aïe ! se plaint Marjorie.

Sur le comptoir, tu aperçois un robot culinaire. Vite comme l'éclair, tu le mets en marche **ZZZZZZZZZZZZZZZ** *!* et tu fais de la purée de ce lot de carottes mutantes.

Tu essaies tant bien que mal de comprendre ce qui se passe. La vue des cornues et des alambics te pousse à croire que Loup Ragoût se livre à des expériences génétiques effroyables sur les aliments, et que les gens de Sombreville lui servent de cobayes. Il faut le trouver !

La porte de la cantine s'ouvre, et des pas lourds arrivent vers vous...

«LE BOUCHER !» vous exclamez-vous à l'unisson.

Tu cherches une autre porte, mais tu ne trouves qu'une fenêtre dans laquelle le vent s'engouffre et hurle.

Tu fais la courte échelle à Marjorie pour qu'elle puisse l'atteindre. Un bras apparaît à la fenêtre et la saisit. C'EST JEAN-CHRISTOPHE ! Il réussit tour à tour à vous extirper de cet endroit de malheur.

Vous retournez au chapitre 4 afin de choisir une autre voie...

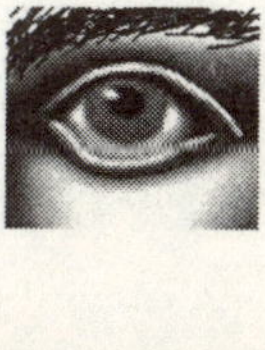
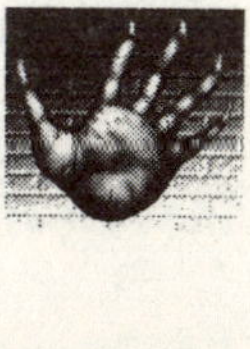

93

Tremblant comme une feuille, tu prends la fiole et tu bois complètement le liquide jaunâtre qu'elle contenait...

SLOURP! SLOURP!

Tu réalises que ce n'était que de... LA LIMONADE !

Tu cherches à prendre un autre flacon, mais soudain, tes bras se transforment en branches et tes pieds, en racines. Frappés de stupeur, Jean-Christophe et Marjorie font un pas de recul et se dirigent vers la sortie. L'écharde empoisonnée t'a complètement transformé en monstrarbre. Tu enroules tes branches autour de tes amis, juste comme ils arrivaient à la porte, et tu les soulèves au-dessus de ta cime. Suspendus au-dessus de ta grande gueule immonde, tes amis hurlent et te supplient...

«LAISSE-NOUS ! DÉPOSE-NOUS SUR LE PLANCHER. JE T'EN PRIE, NE NOUS MANGE PAS...

— C'EST NOUS ! C'EST NOUS ! TU NOUS RECONNAIS ?»

GLOUB! GLOUB!

Non, tu ne les as pas reconnus...

FIN

94

MARJORIE VOUS POURCHASSE ! et ce n'est pas pour vous faire des câlins d'amitié... Une simple égratignure de sa part et vous deviendrez vous aussi des bêtes assoiffées de sang...

Vous sautez dans un chariot et vous filez sur les rails d'une sombre galerie. Avec ta lampe, tu surveilles attentivement derrière. Il n'y a toujours rien. Le chariot s'arrête violemment sur une poutre, et de grosses pierres tombent sur les rails, **BAAANG !** Jean-Christophe parvient à s'agripper, mais toi, tu es éjecté hors du chariot. Tu t'attends à un choc violent, mais en fait, tu atterris à ton grand étonnement... DANS LES BRAS DE QUELQU'UN !

«MERCI !» dis-tu entre les bras velus de... MARJORIE !

Tu n'aimais pas du tout l'endroit ! Tu ferais mieux de te faire à l'idée, car, vois-tu, ces sombres galeries deviendront votre repaire à tous les trois, lorsque vous reviendrez de votre chasse avec vos victimes... LES NUITS DE PLEINE LUNE !

FIN

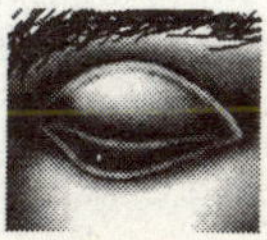

95

Aux aguets, tu écoutes et remarques que la forêt est devenue silencieuse, tout à coup. Quelques secondes passent avant que tu daignes regarder en direction de la cantine. La porte est demeurée ouverte, et tu cherches cette créature ou cette bête qui en est sortie. C'est sûr qu'elle se trouve dans les parages, mais où ?

Cherche bien sur cette nouvelle illustration, elle est différente de celle du chapitre précédent. Si tu réussis à trouver en quoi elle diffère, tu auras trouvé où se cache cette créature. Si tu crois qu'il s'agit de la poubelle, rends-toi au chapitre 102. Si par contre tu penses qu'il s'agit plutôt de la fenêtre ouverte, va au chapitre 23.

96

C'est sans doute parce que la serrure est très rouillée qu'elle ne s'ouvre pas...

Vous cherchez longtemps avant de découvrir qu'il n'y a pas d'autre issue que cette porte. Vous remarquez que le bois de la porte commence à pourrir avec toute cette humidité. Vous essayez de l'enfoncer, mais rien à faire, elle est encore beaucoup trop solide. Vous décidez donc d'attendre que le temps fasse son œuvre et l'affaiblisse encore plus.

Pendant des jours, vous attendez, grignotant le peu de nourriture que vous aviez emportée.

Une semaine se passe avant que vous réussissiez à défoncer la porte.

BLAAAM!

«Ça tombe pile, se réjouit Marjorie, le visage sale éclairé par son large sourire, nous n'avions plus rien à bouffer. Nous aurions été obligés de manger des vers et des insectes gluants pour survivre...»

Vous sortez en vitesse et arrivez par malheur dans une autre grotte devant une autre porte... VERROUILLÉE !

FIN

97

«Cette tour est beaucoup trop haute et trop éloignée de la mer pour n'être qu'un simple phare pour guider les navires, commence-t-il à vous expliquer. En plus, les phares possèdent un immense fanal pour créer de la lumière. Ici, on n'y trouve qu'un grand miroir...

— C'est une espèce de système qui capte l'énergie solaire, en déduis-tu.

— Tu y es presque, te dit Jean-Christophe. Ça sert à capter l'énergie lunaire. Les loups-garous se servent de cette invention pour projeter les rayons de la lune. Avec ça, nous allons enfin savoir si nos soupçons sur Loup Ragoût étaient fondés...»

Vous vous regardez tous les trois et vous pointez directement les rayons lunaires en direction de la fenêtre de la Cantine morbide. Marjorie braque ses jumelles à la fenêtre et attend. La silhouette de Loup Ragoût apparaît. Va-t-il se transformer en loup-garou ? Pour le savoir...

... TOURNE LES PAGES DU DESTIN, et vise bien !

Si par malheur la pleine lune est cachée par le nuage, rends-toi au chapitre 106.

Si par contre la pleine lune trône bien haut dans le ciel, va au chapitre 49.

98

Les lueurs lointaines de la pleine lune traversent les branches et atteignent Jean-Christophe qui se tient juste au milieu du pentagone.

Tu prends Marjorie par la main et tu l'entraînes contre son gré à l'intérieur du polygone à cinq angles.

«Peu importe ce qui va arriver à ton frère, ça va nous arriver à nous aussi, lui apprends-tu.

— NON, JE VEUX PAS ! se met-elle à hurler. Je ne veux pas me transformer en loup-garou...

— Cette mutation n'est que temporaire, essaies-tu de lui expliquer. Ça ne va pas durer éternellement...

— Et si jamais cette transformation laisse des traces ou du poil sur notre visage, dit-elle, vous avez pensé à cela ? Moi oui... Je n'aurai plus jamais de petit ami si j'ai une moustache sous mon nez...»

Vous sentez soudain de grands changements s'opérer en vous. Au bout de seulement quelques minutes, vous êtes complètement transformés... EN DANGEREUX LOUPS-GAROUS !

Les bras velus prêts à étreindre, vous parcourez la forêt jusqu'au chapitre 4 où vous reprenez peu à peu votre forme humaine. De retour à votre point de départ, mais maintenant, vous savez que Loup Ragoût ne se trouve pas dans son jardin lugubre...

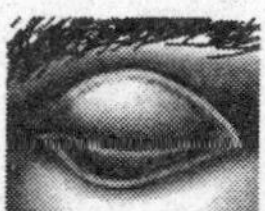

99

Son couperet traverse le dessus de la table et t'arrive à un centimètre du nez. Vous redoublez d'ardeur et vous réussissez à l'acculer dans un coin. Incapable de dégager sa lame, il se met à hurler de rage AAAAAAAH ! Vous en profitez pour prendre la fuite.

Dehors, vous vous dirigez vers une rivière tumultueuse aux reflets rougeâtres bordée d'une multitude de quenouilles. Vous empruntez le chemin de pierres instables qui la traverse. Tu poses le bout du pied sur une grosse pierre plate. Aussitôt, elle dégringole et disparaît dans un violent remous. Impossible de traverser, maintenant.

Vous rebroussez chemin et arrivez tout près de la rive, nez à nez avec le boucher. Il semble plus intéressé par la pleine lune que par vous. Ses cheveux et ses dents s'allongent à vue d'œil... IL VA SE TRANSFORMER EN LOUP-GAROU ! Peut-être que oui, peut-être que non. Pour le savoir...

... TOURNE LES PAGES DU DESTIN, et vise bien !

Si la pleine lune est cachée par le petit nuage, bravo ! Rends-toi au chapitre 84.

Si par contre la pleine lune trône bien haut dans le ciel, va au chapitre 103.

100

Vous cherchez nerveusement d'où provient la voix.

«Aidez-nous, répète-t-elle, je vous en prie, qui que vous soyez.»

Tu colles une oreille au mur et tu écoutes...

«Je crois que ça provient de l'autre côté de ce mur», leur dis-tu après avoir entendu des plaintes et des gémissements.

Autour de vous, il y a plusieurs portes et des escaliers. Par où passer ?

Étudie bien cette illustration. Dois-tu aller au chapitre 51 ou au chapitre 81? Cherche bien...

101

Stupéfait d'avoir réussi, Jean-Christophe enlève tout de suite le cadenas et ouvre la porte. Proprement rangées sur les tablettes se trouvent toutes sortes de viandes. C'est assez étrange que ce soit si propre quand on pense à toutes les saletés et la poussière qu'il y a dans cette grosse baraque sur roues.

Alors que Jean-Christophe hausse les épaules pour te signifier qu'il n'y a rien d'autre, tu remarques tout à coup que sur chacune des étiquettes apposées sur les pièces de viande... IL Y A UN NOM !

"Robert" sur de la viande hachée pour hamburger, "Molly" sur un rosbif, "Joey" sur les steaks...

«Crois-tu que ces steaks ont été préparés pour un dénommé Joey ? demandes-tu à Jean-Christophe, qui n'a encore rien remarqué. Ou bien ils ont été faits à partir d'un certain Joey ?»

Jean-Christophe grimace et avant qu'il ait pu refermer la porte du frigo, vous êtes poussés tous les trois à l'intérieur par quelqu'un qui a réussi à se faufiler derrière vous. Vous êtes séquestrés pendant de longues heures dans la noirceur totale avant que quelqu'un daigne finalement vous ouvrir la porte... LE BOUCHER DE LA CANTINE MORBIDE !

FAIM

102

Sachant bien que la bête s'est tapie dans la poubelle, vous attendez patiemment de longues minutes avant de finalement la voir apparaître dans un hurlement à glacer le sang.

OOOOOUUUUUUU !

C'est un loup hyper poilu aux yeux rouges luisants portant un tablier. Des restes de table pendent de ses mâchoires remplies de dents acérées. Il crache une canette de boisson gazeuse écrasée et disparaît dans les profondeurs d'un puits.

«C'était lui ! s'exclame tout bas Marjorie. Loup Ragoût, il portait un tablier tout sale...»

Pas besoin de passer au vote pour savoir si vous allez explorer la cantine morbide et attendre un peu avant de poursuivre Loup Ragoût. En tout cas, pas avant qu'il ait calmé son appétit vorace.

Vous pénétrez avec appréhension dans la cantine. Sur une des tables, tout de suite en entrant, Marjorie est toute surprise de constater qu'un restant de spaghetti aux boulettes de viande essaie de quitter son assiette.

Mets ta main sur ta bouche et allez au chapitre 107.

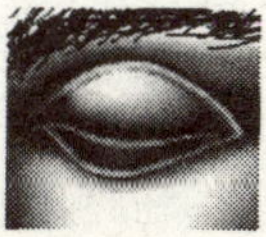

103

Alors que des poils commencent à pousser au visage du boucher, tu sens le tien tourner au blanc.

Son nez s'allonge et ses yeux rougissent. Son torse se gonfle de muscles et réduit en lambeaux sa chemise.

Tu plonges nerveusement ta main au fond de ta poche pour sortir la vieille pièce de monnaie que ton grand-père t'a donnée le jour de ton anniversaire.

«Garde-la précieusement, t'avait-il dit. Un jour, elle te sera très utile, elle pourra peut-être même te sauver la vie, qui sait...

— Eh bien ce jour est arrivé, enfin cette nuit est arrivée», te reprends-tu. Tu te mets à avancer vers le loup-garou en brandissant la pièce devant toi...

Rends-toi au chapitre 26.

104

... la statue de Robert reprend vie !

«Qu'est-ce qui se passe ? Où suis-je ? articule-t-il, totalement confus. Qu'est-ce que je fais ici ?

— Nous vous avons délivré, lui expliques-tu en l'aidant à sortir de la cage. Vous étiez pétrifié comme une statue.

— Je me rappelle que j'étais à la cantine de Loup Ragoût, vous raconte-t-il en secouant la tête légèrement. On m'a servi une soupe qui ne cessait pas de tourner dans mon bol. Au bout d'une minute, j'étais comme hypnotisé. Ils m'ont enfermé dans cette cage et là, tout est devenu blanc.»

Après avoir écouté son récit, vous ouvrez chacune des cages et libérez les autres victimes de la soupe hypnotique de Loup Ragoût.

Ensemble, vous vous rendez à un tunnel qui aboutit à un carrefour. Un écriteau sur lequel on peut lire “Sortie” est suspendu au plafond. Il se balance et tournoie sur lui-même. Tu le saisis et tu cherches laquelle de ces trois voies est celle qui conduit à la surface. Du tunnel de droite, tu sens sur ton visage une brise d'air frais.

Robert, Mira et les autres rescapés prennent le chemin de la sortie pendant que vous trois poursuivez votre aventure au chapitre 60.

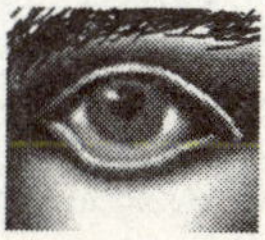
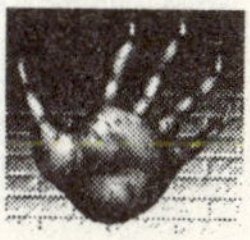

105

Tu tires un des tiroirs sous le comptoir et vous découvrez... UNE CLÉ TAILLÉE DANS UN OS !

C'est sans doute la clé du garde-manger. Vous vous regardez, à savoir qui va prendre avec sa propre main cette dégoûtante chose. Des moufles de cuisinier sont accrochées au mur. Tu en saisis une et tu la mets. Tu sens soudain quelque chose qui grouille tout au fond. Tu enlèves la moufle et tu la lances par terre. Une dizaine d'insectes déguerpissent dans toutes les directions. Marjorie saisit d'un trait la macabre clé et ouvre le garde-manger...

Observe bien cette illustration et ensuite rends-toi au chapitre 17.

106

Un chapelet de gros nuages arrive et cache complètement la pleine lune. Pas moyen de prouver la théorie de Jean-Christophe, du moins pour un bon bout de temps...

Vous sondez les parois extérieures de la tour et découvrez une maigre et fragile échelle de corde. Pour éviter qu'elle se brise, vous la dévalez un à la fois.

Les pieds sur la terre ferme, vous remarquez que, lentement, le ciel s'éclaircit à nouveau...

Vous vous dirigez vers la Cantine morbide. En vous dissimulant derrière les arbres, vous vous approchez le plus possible.

Loup Ragoût, qui a sans doute flairé votre présence, colle son nez à la fenêtre et tout de suite se met à muer...

Vous auriez peut-être dû déplacer un peu le miroir avant de descendre de la tour...

FIN

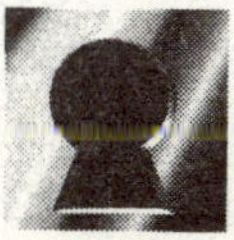
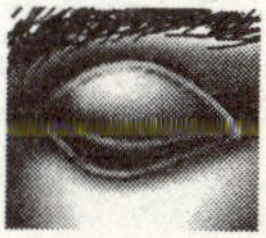

107

Les bras en l'air, pour ne rien toucher, vous contournez la table jusqu'à la cuisine.

Sur le comptoir il y a... UNE TRONÇONNEUSE ! Dans une marmite sale bouillonne une mixture jaunâtre qui déborde sur la cuisinière. Tu t'approches. Un doigt et un œil apparaissent sporadiquement dans le dégoûtant liquide. Une forte chaleur se dégage du four. Tu te penches, et du hublot tu aperçois une grosse tarte qui bouge ! ! !

Tu te demandes si ton estomac va pouvoir te suivre jusqu'à la fin de cette aventure. La porte de l'immense frigo, à gauche de la cuisinière, est verrouillée avec un gros cadenas à numéros et des chaînes. Bizarre ! Tu n'en crois pas tes yeux lorsque tu te rends compte que Jean-Christophe, qui n'en a pas vu assez, tourne le bouton pour essayer de l'ouvrir. Va-t-il réussir à ouvrir le réfrigérateur ? Pour le savoir...

... TOURNE LES PAGES DU DESTIN.

S'il s'ouvre, allez au chapitre 101.

Si, à ta grande satisfaction, il reste verrouillé, va au chapitre 71.

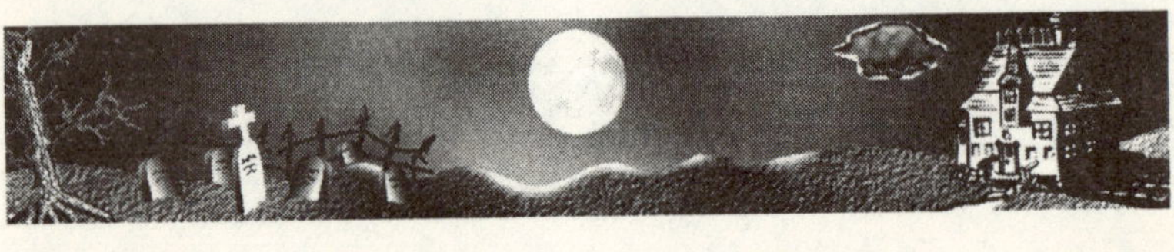

108

Le plan de Jean-Christophe est risqué, mais vous n'avez pas d'autres choix si vous voulez quitter en un seul morceau le nid des vautours.

Avec une branche, tu frappes très fort sur un des trois œufs afin de réveiller le bébé vautour pour le pousser à sortir de sa coquille un peu avant son temps. L'oiseau frappe avec son bec et réussit à percer sa coquille. Du petit trou, il pointe son bec et entreprend d’agrandir l'ouverture pour y faire passer tout son corps. Marjorie sursaute lorsque le deuxième bec apparaît...

OUAHH !

«Pardon ! s'excuse-t-elle. J'avais oublié qu'il avait deux têtes.»

Comme espéré, l'oiseau réussit à sortir sans trop abîmer l'œuf.

Vous remplissez la moitié de l'œuf de paille et vous le poussez sur le bord du nid. Ensuite, vous pénétrez à l'intérieur et vous le faites basculer dans le vide comme un tonneau.

L'œuf percute lourdement le sol **BLAM!** *et dégringole à toute vitesse le flanc de la montagne jusqu'au chapitre 4 où un coussin de feuillages vous arrête en douceur. De retour à la case départ, mais au moins, vous savez qu'il n'est plus nécessaire de chercher Loup Ragoût dans le puits.*

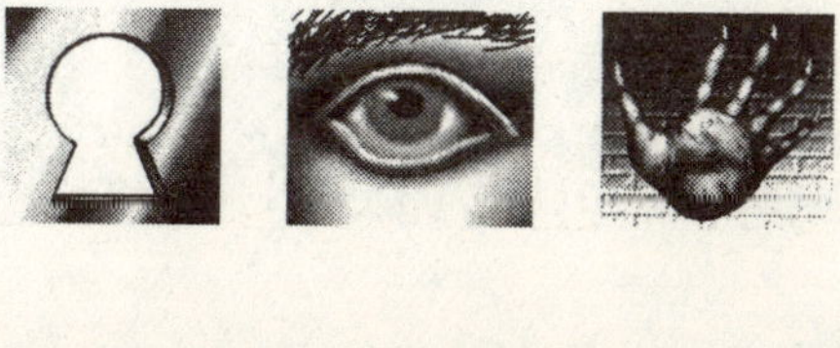

109

Un gros nuage arrive miraculeusement devant la lune et vous sauve d'une mort certaine. Loup Ragoût t'adresse un large sourire avant de fracasser la fenêtre et de s'enfuir dans les bois. Vous vous lancez à sa poursuite...

Vous peinez tous les trois lorsque vous courez sur une pente plutôt abrupte. Sur le sommet d'une petite montagne, vous jetez un rapide coup d'œil circulaire pour malheureusement constater... QU'IL A RÉUSSI À VOUS FILER ENTRE LES DOIGTS !

«Comment peut-il avoir réussi à nous semer, ce gros balourd, se choque Marjorie, soudain d'une humeur massacrante. Nous sommes supposés être plus agiles et plus rapides que lui...

— Il ne faut pas que tu oublies que nous sommes dans son domaine, lui expliques-tu pour la calmer un peu. Il a sûrement emprunté un passage secret caché dans les bois.

— Ne t'en fais pas, petite sœur, ce n'est que partie remise, la rassure Jean-Christophe. Pas question de lâcher, car si nous réussissons à détruire Loup Ragoût, le chef des loups-garous, tous les autres mourront avec lui.»

Retourne au chapitre 4 et traque-le...

110

OUI ! c'est ce crâne décharné d'animal. Il se met à claquer sa mâchoire et à te regarder. Marjorie réussit à fermer la porte du garde-manger et à la verrouiller.

Quelqu'un frappe sur la vitre de la fenêtre.

TOC! TOC! TOC!

C'est Jean-Christophe !

Tu ouvres la fenêtre, et il réussit à se hisser à l'intérieur.

«Il se passe des choses horribles ici, lui racontes-tu. Des choses qui vont t'empêcher de manger pour un bon bout de temps...

— Moi j'ai vu des gens attachés à des boulets. Ils suivaient contre leur gré Loup Ragoût qui les conduisait vers la maison sur le haut de la colline, vous raconte-t-il. Il faut délivrer ces malheureux.»

Vous sortez de la cuisine et arrivez face à face avec le boucher. Il s'élance et CRAAAC! il frappe avec son couperet bien affûté la chaise qui vous séparait de lui. Le meuble se fracasse en deux et lui libère le chemin. Vous vous servez d'une table comme bouclier et vous foncez vers lui.

Tourne les pages de ton livre jusqu'au chapitre 99.

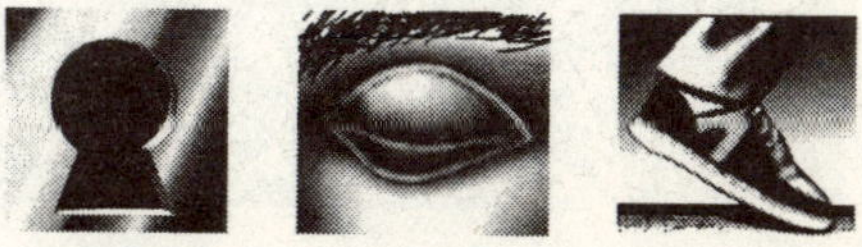

III

«Il faut partir d'ici au plus vite avant que ces petits affamés ne sortent complètement de leur œuf, suggère fortement Marjorie.

— Quoi, tu as peur qu'ils te mangent ou est-ce que tu crains qu'ils ne te prennent pour leur maman lorsqu'ils naîtront ? lui demandes-tu. Car, tu sais, les animaux n'oublient jamais la première chose qu'ils voient à leur naissance.

— Si jamais je décide d'adopter un oiseau un de ces jours, ce sera sans doute un colibri, te répond-t-elle, certainement pas un horrible oiseau mutant...»

Vous sortez votre tête du nid et constatez malheureusement que le nid est perché au sommet d'une montagne trop escarpée pour la descendre à pied. Jean-Christophe regarde les gros œufs, puis évalue la hauteur de la montagne. Au bout de quelques secondes, il se met à sourire et à faire claquer ses doigts.

CLAC! CLAC!

«J'AI UNE IDÉE ! s'écrie-t-il...

— Ça ce n'est pas bon du tout», te mets-tu à penser, car souvent ses idées loufoques et même dangereuses vous ont mis dans le pétrin...

Allez au chapitre 108.

112

Tes amis réussissent à te traîner jusqu'à la gare abandonnée. De très bizarres gargouillis proviennent de ton estomac.

GLIOUB! GLUB!

SERAIS-TU EN PLEINE MUTATION ?

Marjorie n'a pas réussi à trouver un téléphone mais a déniché une trousse d'urgence. Elle contient de vieux flacons et de vieilles fioles aux étiquettes effacées par le temps. Impossible de voir de quoi il s'agit. Il y a certainement quelque chose là-dedans qui pourra te servir d'antidote...

Rends-toi au chapitre inscrit sous le flacon que tu auras choisi...

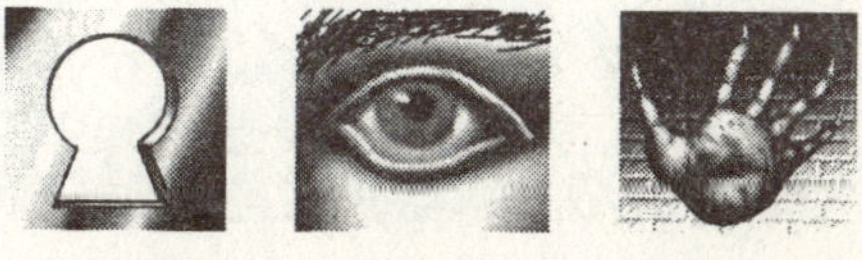

113

Trois grosses roues dentées de différentes dimensions sont appuyées sur les parois tout près.

«JE SAIS ! t'écries-tu soudain. Pour éviter que le train parte pour Sombreville, nous attacherons Marjorie sur les rails devant la locomotive, comme ils faisaient dans les vieux films muets...

— Tu es né comme ça ou tu as pris des cours ? te dit Marjorie, qui ne te trouve pas drôle du tout.

— Soyons sérieux une minute ! vous dit Jean-Christophe. Écoutez bien, une de ces roues servira à réparer la locomotive et à remettre le train en état de marche, comprend Jean-Christophe. Il nous suffit de les cacher dans le bois, et le train ne pourra jamais partir...

— Mets ton cerveau dans le bon sens ! s'exclame Marjorie. Ces roues dentées sont très lourdes, lui fait-elle remarquer, nous n'aurons jamais le temps de les cacher toutes les trois.

— Marjorie, lui dis-tu, Loup Ragoût peut revenir d'un instant à l'autre avec le conducteur du train. Il faut donc s'activer et trouver laquelle est la bonne et l'emporter au loin...»

Les roues dentées se trouvent au chapitre 64.

114

Vous constatez avec stupeur que, dans un des wagons, des squelettes sont assis sur les banquettes.

«Des passagers jamais arrivés à destination, penses-tu ? te demande Marjorie, qui cherche à comprendre. Ou peut-être bien qu'ils attendent d'être reconduis à leur dernier repos...»

Mal à l'aise, vous poursuivez votre visite du train. Dans le wagon à minerai, vous êtes tout étonnés de voir que l'on y a entreposé plusieurs cercueils. Tu ouvres lentement le premier et constates qu'il contient un cadavre décomposé et rongé par les vers. Alors que tu t'apprêtes à le refermer... LE CADAVRE OUVRE LES YEUX !

Tu rabats le couvercle de justesse avant que le zombie t'attrape. Vous filez à toute vitesse vers le wagon à bestiaux où des ronflements se font entendre. Vous collez tous les trois un œil entre deux planches et découvrez avec horreur qu'il contient une horde de loups-garous endormis...

«Ce train s'en va manifestement quelque part, conclut Jean-Christophe. Reste à savoir où...»

Réfléchis quelques secondes et rends-toi ensuite au chapitre 25.

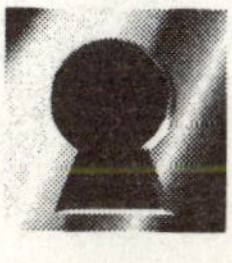 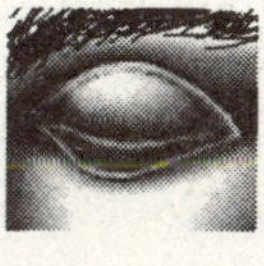 

115

Comme un essuie-glace de voiture en pleine pluie battante, ta tête va de gauche à droite en direction de Loup Ragoût qui se dissout dans un brasier et de Marjorie qui ne sait pas plus que toi ce qui se passe.

Par terre, Loup Ragoût n'est plus qu'un tas de poussière fumante.

«Nous avons réussi à détruire ce monstre, t'étonnes-tu, et ce qui est le plus drôle, c'est que je n'ai aucune idée de comment nous avons réussi cela...

— Il s'est peut-être empoisonné avec ses propres recettes, suppose Marjorie.

— Non ! vous n'y êtes pas, vous sourit Jean-Christophe, vous n'y êtes pas du tout. Il n'y a que l'argent qui peut tuer un loup-garou, et la fourchette que je t'ai donnée, tu vois, c'est ma grand-mère qui me l'a offerte, et cette fourchette... EST EN ARGENT !

— OUAIS ! t'écries-tu. Allons secourir tout le monde maintenant.

— Il ne faut pas oublier de délivrer aussi nos deux profs disparus.

— Marie-France et Marilou, tu veux dire ? Avec une petite promesse de nous donner moins de travail à la maison... PAS DE PROBLÈMES !»

FÉLICITATIONS !

Tu as réussi à terminer...

La Cantine morbide de Loup Ragoût

Quelle que soit l'opinion des gens sur les fantômes, sache qu'il y a des personnes qui y croient. Des personnes qui en auraient même vu flotter ou passer au travers des murs de leur vieille demeure. Serais-tu témoin d'un tel phénomène ? Aimerais-tu faire une enquête sur des témoignages incroyables d'apparition de revenants ? Voici deux «fiches fantômes» que tu peux remplir au cours d'enquêtes sur des... MAISONS HANTÉES !

Pour commencer, tu dois rassembler des articles qui feront partie de ta trousse de chasseur de fantômes.

Tes «fiches fantômes» et un crayon.

Une lampe de poche.

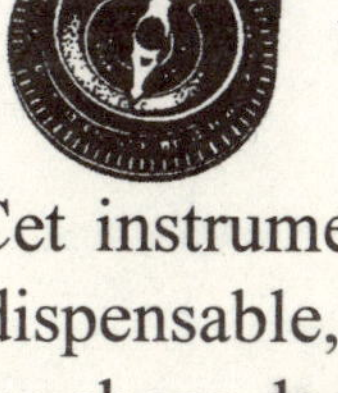

Une boussole.

Cet instrument qui indique toujours le nord est indispensable, car son aiguille s'affole lorsque quelque chose de surnaturel va se manifester.

Un thermomètre.

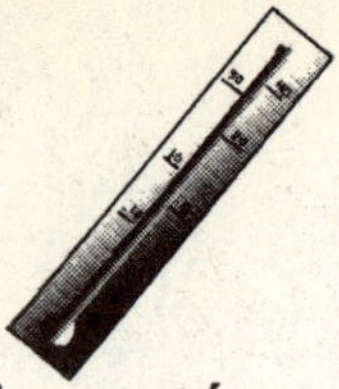

On a quelquefois noté une baisse de température lors de l'apparition de fantômes...

Une enregistreuse.

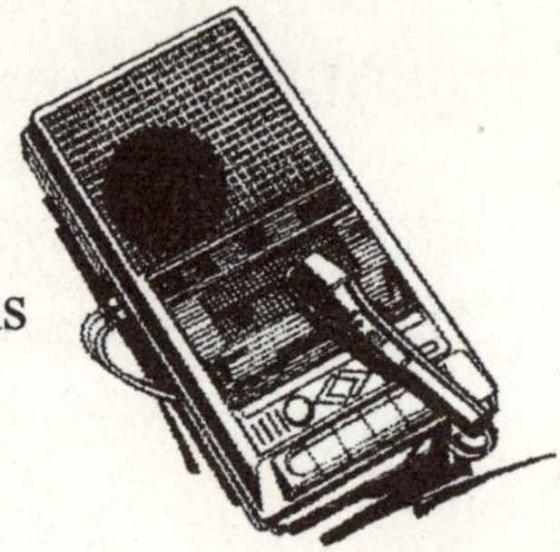

Il faut la mettre en marche avant de pénétrer dans une maison hantée.

Cible une maison et enquête...

Pour conclure qu'une maison est hantée, tu dois questionner d'abord les gens qui y habitent. Y a-t-il des traces de pas qui apparaissent dans la maison et qui ne conduisent nulle part ? Des objets qui se déplacent tout seuls ? Des portes qui s'ouvrent sans raison apparente ? Des cris au milieu de la nuit ?

Demande au propriétaire la permission d'enquêter et passe à l'action...

FICHE FANTÔME

Date : ______________________________

Adresse de la demeure : _______________

____

Heure de l'apparition : ________________

Le fantôme a-t-il remarqué ta présence ?

____

Était-il transparent ? __________________

C'était une femme, un homme ou un enfant ? ___________________________

Y avait-il des bruits dans la pièce avant qu'il se manifeste ? __________________

Est-ce qu'il t'a touché ? ________________

Refait-il le même parcours à chaque manifestation ? ______________________

FICHE FANTÔME

Date : ____________________

Adresse de la demeure : ____________________

____

Heure de l'apparition : ____________________

Le fantôme a-t-il remarqué ta présence ?

____

Était-il transparent ?____________________

C'était une femme, un homme ou un enfant ? ____________________

Y avait-il des bruits dans la pièce avant qu'il se manifeste ? ____________________

Est-ce qu'il t'a touché ? ____________________

Refait-il le même parcours à chaque manifestation ? ____________________